한국대표서정산문선 8

2026

한국대표서정산문선 8 *2026*

초판 1쇄 발행일 | 2026년 4월 27일

저　　자 | 임부택 외 12인 공저
펴 낸 이 | 차영미

편　　집 | 디자인그룹 여우비
펴 낸 곳 | 도서출판 서정문학

주　　소 | 서울시 성안로31길 57-10
전　　화 | 02-720-3266　F A X　| 02-6442-7202
홈페이지 | http://cafe.daum.net/seojungmunhak.com
이 메 일 | sjmh11@hanmail.net
등　　록 | 2008. 3. 10 제324-2014-000060호

ISBN 979-11-91155-71-6 04810
ISBN 978-89-94807-75-1(세트)
정가 15,000원

한국대표 서정산문선

2026

8

임부택 외 12인 공저

서정문학

| CONTENTS |

한국대표서정수필선

김 봉 천

목포의 눈물

통영, 한산도, 그리고 번지 없는 주막

경남 남해 출생
중앙대 문예창작과, 서경대 국어국문학과 졸업
고교 국어 교사로 정년퇴직
서정문학 신인문학상 당선 등단(수필)
수필집:『이별 연습』,『내가 만난 아름다운 사람들』
현재, 복지관 및 국가평생교육진흥원에서 성인 문해 강의
bcwisdom@hanmail.net

목포의 눈물

한국 대중가요 1세대 가수 이난영이 부른 〈목포의 눈물〉을 아시는지? 목포의 눈물은 이난영 특유의 마치 비염을 앓는 듯한 유성음에다 마음속 몰래 감춘 슬픔을 이기지 못해 구곡간장 올올이 끊어 내듯, 서러움에 멍든 가슴 토막토막 저미어 내듯, 한산 모시실 한 올 한 올 자아내듯 듣는 이의 애간장을 녹이는 옛 가요(트로트)이다.

1935년 한국 가요사에 길이 남을 불후의 명곡 문일석 작사 손목인 작곡 이난영 노래 〈목포의 눈물〉이 발표되었다. 목포 출신 이난영(본명 이옥례)의 나이 19세 되던 해였다. 이 음반은 무려 5만 장이나 팔린 엄청난 판매량을 기록하였다. 지금 현대적 상황에 비교하면 500만 장에 견줄 만한 판매량이었다. 이 한 곡의 노래는 일제 압박에서 절규하던 우리 민족을 온통 눈물로 위안받게 하였고, 남도 목포항을 애틋한 낭만과 추억의 항구로 되살아나게 했다.

목포의 눈물

문일석 작사 손목인 작곡 이난영 노래

사공의 뱃노래 가물거리면/ 삼학도 파도 깊이 숨어드는데
부두의 새악시 아롱져진 옷자락/ 이별의 눈물이냐 목포의 설움

삼백 년 원한 품은 노적봉 밑에/ 임 자취 완연하다 애달픈 정조

유달산 바람도 영산강을 안으니/ 임 그려 우는 마음 목포의 노래

깊은 밤 조각달은 흘러가는데/ 어찌타 옛 상처가 새로워진가
못 오는 임이면 이 마음도 보낼 것을/ 항구의 맺은 절개 목포의 사랑

　목포의 눈물은 당시 오케레코드사와 조선일보 공동 주최로 제
1회 향토 노래 현상 모집 기획으로 가사를 공모했는데, 목포 청
년 시인 문일석(본명 윤재희)이 응모하여 무려 3000여 명이 지원한
가사 중에서 1위로 당선된 작품이다. 작곡자 손목인(본명 손득렬
1913~1999)은 경남 진주 출생으로 일본 고등음악학교 작곡과를
졸업했다. 평소 베레모를 삐딱하게 쓰고 아코디언 연주를 즐겼다.
그의 대표곡은 목포의 눈물을 비롯하여 〈타향살이[김능인 작사 손
목인 작곡 고복수 노래 1934〉, 〈사막의 한[김능인 작사 손목인 작곡
고복수 노래 1935〉, 〈짝사랑[김능인 작사 손목인 작곡 고복수 노래
1937〉, 〈아내의 노래[유호 작사 손목인 작곡 심연옥 노래 1951〉, 〈슈
샨보이[이서구 작사 손목인 작곡 박단마 노래 1952〉 등이다.
　가요 연구가 이동순은 그의 저서 ‘한국 근대 가수 열전’에서 이
렇게 절찬絶讚하고 있다.

　목포의 눈물을 유심히 들어 보노라면 독특한 효과가 가슴으로 전해져
옵니다. 울음인가 하면 그 울음을 기어이 뛰어넘는 어떤 결연한 끈기가 느
껴지고, 하소연인가 하면 하소연을 성큼 뛰어넘는 우뚝한 걸음걸이가 실
감이 됩니다. 노래 속에 눅진하게 배어 나오는 남도 특유의 육자배기, 진
도씻김굿 등의 음악적 파장이 가슴을 파고듭니다. 그리하여 절창이자 민
족의 가요가 된 〈목포의 눈물〉은 식민지에서 분단으로 이어지는 한국 근
대사의 고단한 세월과 맞물리면서 한국인의 정서 밑바탕에 다부지게 자
리잡게 된 무형 문화유산으로 영원한 생명력을 얻게 되었습니다.

그리하여 대중 잡지 '삼천리'가 주최했던 레코드 가수 인기 투표에서 이제 막 목포의 눈물을 발표한 19세 이난영은 왕수복, 선우일선 다음으로 일약 3위의 자리에 올랐다. 4위는 전옥(배우·가수), 5위는 김복희였다.

1990년대까지 호남 지역을 연고로 한 프로야구 해태타이거스가 승리를 거둘 때마다 응원 관중들이 목메게 열창한 노래가 목포의 눈물이었다. 목포의 애국가처럼 되어버린 것이다. 이 노래는 단지 응원가만이 아니었다. 한과 슬픔으로 살아온 이 땅 사람들의 영혼과 상처를 어루만져 주는 민족의 위안가慰安歌이자 진혼곡鎭魂曲이었다.

가사를 쓴 문일석은 당시 20대 초반의 청년 시인이었다. 목포 출생으로 전주고를 나와 일본 와세다대학 문학부를 졸업하였다. 문일석은 모두 일곱 편의 작품을 한국 가요사에 남기고 20대 중반의 나이로 요절하고 말았다. 안타깝기 그지없다. 정확한 생몰生殁 연대와 사인死因은 어떠한 자료에도 찾을 길이 없다.

그가 남긴 일곱 곡은 〈목포의 눈물〉과 더불어 〈사나이 걷는 길 문일석 작사 작곡자·가수 미상 1938〉, 〈목포의 추억문일석 작사 이봉룡 작곡 이난영 노래 1939〉, 〈향수의 휘파람문일석 작사 이봉룡 작곡 이인권 노래 1939〉, 〈뒷골목 청춘문일석 작사 이봉룡 작곡 남인수 노래 1939〉, 〈그 여자의 눈물문일석 작사 작곡자·가수 미상 1940〉, 〈가로등 일기문일석 작사 작곡자·가수 미상 1941〉 등이다. 문일석은 이난영의 친오빠인 〈낙화유수〉, 〈목포는 항구다〉 등을 작곡한 이봉룡과 친구 사이였다.

이난영은 그후 역시 심금을 울리는 〈해조곡이부풍 작사 손목인 작곡 1937〉, 〈목포는 항구다반야월 작사 이봉룡 작곡 1942〉를 불러 또 한차례 대대적인 목포항 열풍을 일으켰다. 6.25때 남편 김

“두 분한테 풍기는 모습으로는 그렇지도 않은 것 같던데요, 은파 감상에 몰입하시는 모습으로 봐서는.”

“아, 부끄럽습니다. 잠깐 자리에 좀 앉으실까요?”

“아닙니다. 손님 자리에 앉지 않는 것이 이 레스토랑의 불문율이에요.”

“아, 그러세요? 그럼 다음엔 다른 곡을 신청하겠습니다.”

“아니예요. 다음에 오실 땐 꼭 목포의 눈물 악보를 갖고 오십시오. 반드시 연주해 드리겠습니다. 저도 어슴푸레 들어 본 기억이 있습니다만.”

참 사려 깊은 피아니스트였다. 그 마음씨가 고마웠다. 피아니스트는 종종걸음으로 출입구 문을 열고 나갔다. 잠시후 지배인이 껄껄 웃으며 다가왔다.

“참 대단하십니다. 피아니스트가 여기서 연주한 지 3년째인데 손님 테이블에 가서 말을 건네는 것은 처음입니다. 목포의 눈물을 네 번이나 신청하셨다구요. 하하하”

지배인도 다 알고 있었다. 그렇겠지, 지배인한테 허락받고 우리 테이블에 왔겠지.

연일 바쁜 업무에 목포의 눈물은 잠시 잊고 지냈다. 반년쯤 지난 어느 날 저녁 kbs 텔레비전 ‘가요무대’에서 어느 여가수가 목포의 눈물을 애절하게 부르는 것이 아닌가? 그 피아니스트가 오버랩되었다. 다음날 칼같이 퇴근하여 그 레스토랑에 목포의 눈물 악보를 들고 달려갔다. 아차, 피아노 앞에 앉아 연주하고 있는 여인은 그 피아니스트가 아니었다. 허전하였다. 허망하였다. 멍하니 피아노만 바라보고 섰는데, 지배인이 웃으며 다가왔다.

“오랜만에 오셨군요.”

“그 피아니스트는…?”

나는 더듬거리며 물었다.

"한 달 전에 그만뒀습니다. 선생님 오시면 전해 드리라며 쪽지를 주더군요."

지배인이 건네주는 쪽지를 얼른 폈다. 또박또박 정성스레 쓴 글씨였다.

–많이 기다렸습니다.
조금 더 큰 곳으로 옮겨갑니다.
꼭 들러 주시면 고맙겠습니다.
악보는 이미 구했습니다.
목포의 눈물이 그리워질 것입니다.

옮겨가는 지역 및 상호까지 적혀 있었다. 고마운 여인, 목포의 눈물을 잊지 않고 기다린 놀라운 여인, 그 후 며칠 동안, 대중가요 목포의 눈물을 연주하는 가녀린 피아니스트의 모습을 상상해 봤다.

한 달이 지나고 1년이 지났다. 또 1년이 지났다. 결국 체념하고 살아가기로 했다.

가서 무엇하리,

찾아가서 어떡하리.

통영, 한산도, 그리고 번지 없는 주막

　며칠 전 고향 친구와 둘이 통영을 다녀왔다. 15년 만에 다시 찾게 된 두 번째 통영 나들이였다. 여행 목적은 세병관, 서피랑, 한산도 답사 후 '번지 없는 주막'에서 저녁 식사를 하는 것이었다. 통영에 도착하여 예전에 묵었던 나폴리호텔에 여장을 풀었다. 통영항 앞바다가 바로 눈앞이라 미항美港을 한눈에 조망할 수 있는 좋은 호텔이었다. 항구에는 벌써 어둠이 밀려오고 있었다.

　이튿날 오전에 통영 답사를 마치고, 오후에는 이순신 장군의 얼이 살아 있는 한산섬을 찾았다. 임진왜란 3대 대첩인 '한산도 대첩' 현장에서 이순신 장군의 늠름한 기개를 엿보고 싶었던 것이다. 장군께서 지휘하던 통제영 사령부 터에는 유허비, 공덕비, 한산정, 충무사, 제승당, 수루 등이 있었다. 장군의 휘하 참모들과 작전 계획을 협의하던 제승당 앞에서 한참 동안 발길을 멈추었다. 이곳에서 학익진鶴翼陣이라는 작전 계획을 세웠을 것이라 생각하니 장군을 기리는 마음 가슴 깊이 사무친다. 문득 소동파의 적벽부赤壁賦 한 구절이 떠오른다.

　—망미인혜望美人兮여, 천일방天一方이로다.　—충무공 그리운 마음 하늘 끝을 향한다.

　제승당을 뒤로하고 수루戍樓 앞에 서서 옷깃을 여미었다. 3년 8개월 동안 한산도에 주둔하면서 이 수루(망루)에 올라 적군의 동정

動靜을 살피시며, 큰 칼 옆에 차고 저 멀리 한산 앞바다를 바라보고 앉아 시조 한 수를 읊던 장군의 서정抒情을 연상해 본다. 한산 해전을 승리로 이끌고, 모처럼 한가한 시간을 얻어 달빛 어린 수루에 홀로 앉아 부모님 생각, 자식 생각, 부인 생각이 간절한데, 어디서 구슬픈 일성호가—聲胡笳 한 곡조 선율이 가녀린 달빛에 젖어 들며 장군의 애간장을 녹인다.

한산섬 달 밝은 밤에 수루에 혼자 앉아
큰 칼 옆에 차고 깊은 시름하던 차에
어디서 일성호가는 남의 애를 끊나니

장군은 잠시 그 언젠가 어느 날 달밤을 회상한다. 달빛은 요염하게 수루를 애무한다. 장군의 기개를 교교皎皎한 달빛 아래 잠시 내려놓고 그 환상적인 달밤을 회상한다. 그날 밤 조촐한 주안상을 차려 들고 장군의 침실로 침범한(?) 월하月下의 여인 관기官妓 여진의 관능적인 자태가 한산 앞바다 윤슬 속에 어른거린다. 지금 귓전을 울리는 일성호가는 혹여 여진이 연주하는 한 곡조 피리 소리가 아니던가.

난중일기에는 짧은 한 구절로 압축하여 기록되어 있지만, 김훈의 '칼의 노래' 는 이렇게 묘사하고 있다.

—달이 구름을 빠져나오면서 다시 칼날을 비추었다. 칼빛이 뽀얗게 살아났다. 칼은 인광燐光처럼 차가워 보였다. 여진의 가늘고 긴 목이 내 품속에서 떨리면서, 여진은 다시 말했다. 나으리, 밝는 날 저를 베어 주시어요…… 이 세상이 아닌 곳으로 저를 보내 주시어요.

배 시간이 급하여 수루를 뒤로 하고 나오면서 허전한 마음 달랠 길 없어 몇 번이고 뒤돌아 보았다. 학익진으로 적군을 섬멸한 한산도 앞바다만 묵묵히 바라보고 앉아 있는 장군의 환영幻影 속에 잠시 빠져들었던 것이다.

장군의 2m 길이 장검長劍 두 자루는 1593년 한산도에서 제작된 칼이며, 1963년 보물로 지정되었다가 2023년 8월 23일 국보로 승격되었다. 아산 현충사에 소장되어 있다. 검신檢身에는 장군의 친필 검명劍銘이 새겨져 있다.

> 1검에는 三尺誓天 山河動色(삼척서천 산하동색)
>   —석 자 칼로 하늘에 맹세하니 산하가 떨고.
> 2검에는 一揮掃蕩 山河血染(일휘소탕 산하혈염)
>   —한 칼에 휘둘러 쓸어 버리니 피가 산하를 물들인다.

15년 전 통영 나들이에서 가슴을 출렁인, 결코 탈고脫稿하고 싶지 않은 추억의 편린 한 조각을 소환해 본다. 15년 전 그날 통영 여행은 시인, 소설가, 극작가, 수필가 넷이었다. 저물 무렵 통영항 식당에서 석식에 반주 한잔 곁들이고 나폴리호텔에 짐을 풀었다. 서울에서 천릿길을 4명의 안전을 책임지며 오로지 고집스럽게 혼자 운전을 해 온 시인은 고단하여 잠자리에 들고, 소설 쓰는 여친 역시 피곤하다며 자기 독방으로 들어가 버린다. 나그네는 공허한 여수旅愁에 몸을 뒤척인다. 잠이 오지 않는다. 10시쯤 되었을까. 희곡 쓰는 친구 녀석이 통영 와서 피곤하다고 이대로 잠들어 버리는 것이 아깝다며, 밖에 나가 밤이 깊어가는 항구의 풍경 속에서 소주 한잔 기울이고 오자고 나를 조른다. 피곤하여 싫다는 시인과 소설가를 남겨두고 둘은 밖으로 나왔지만 서울과 달리 항구의 식당들은 모조리 문을 닫고, 거리는 깜깜한 정적만 흐르고 있었다. 마침 부근에 통영을 대표하는 중앙시장이 있었다. 시장통에는 당연히 주막이 있으려니 하고 시장을 누볐으나 시장통 식당들도 모두 문을 닫았다. 어딘가는 늦도록 술을 파는 주점이 있기를 기대하면서 왼쪽 골목길로 접어들었다. 역시 마찬가지였으나 어느 한 주점에 불이 켜져 있기에 들어섰더니 문 닫고 마무리해야 할 시간이라 손님을 받지 않는다고 한다. 통영 와서 맨정신으로 멀뚱히 밤을 새워야 겠다며 친구 녀석이 푸념을 늘어놓기에 조금 더 뒤져 보자며 몇 걸음을 더 옮기니 골목 꺾이는 곳에 불 밝힌 작은 식당 하나가 있었다.

"간단히 소주 한잔 되겠는지요?"

주인아주머니는 머뭇거리다가 문 닫을 시간도 이미 지났는데 어디서 온 손님이냐고 묻는다. 서울에서 왔다고 하니 통영은 9시면 가게 문을 닫는다며 멀리서 통영을 찾아 준 서울 나그네에게 주안상 하나 기꺼이 차려 주겠다고 하였다. 만 원짜리 안주에 참이슬 한 병을 주문하였다. 기껏 만 원짜리 안주 하나 시켰는데도 군소리 안 하고 큼지막한 우럭찜 두 마리와 문어숙회 한 접시를 내어 놓는다. 주모의 인심이 그만이었다.

"통영에는 참이슬이 없으니 다른 술로 주문하세요. 나도 참이슬 술맛이 어떤지 궁금하답니다."

경상도 사투리가 아닌 서울말을 구사하였다. 그런데 믿기지 않았다. 참이슬은 전국 어디에나 다 있을 줄 알았는데 통영에 참이슬 유통이 안 된다니 믿기지 않았다. 할 수 없이 다른 주류를 주문하는 수밖에 없었다.

친구가 주모에게 물었다.

"그럼, 어떤 술이 있는데요?"

"백세주도 있고, 산사춘도 있어요."

"비싼 것만 있군요."

"싼 것은 다 팔렸지요. 산사춘 드세요. 나도 한잔 얻어먹게. 난 산사춘을 좋아해요"

울며 겨자 먹기로 우리는 산사춘을 주문하였다. 주모와 셋이 주안상 앞에 앉았다. 산사춘 몇 순배가 돌았다. 친구가 넌지시 농담처럼 한마디 던졌다.

"서울 가면 참이슬 한 상자 보내드리겠습니다."

"정말이세요? 농담도 잘하시네요."

"취중 진담이란 말 모르세요. 난 여태 거짓말해 본 적이 없습니다."

"좋습니다. 말씀만 들어도 고맙습니다. 안주 하나 서비스해 드리죠."

주모는 가오리회 한 접시를 수북이 가져왔다. 휘둥그런 눈으로 내가 말하였다.

"밤새 마셔야겠네요."

"까짓 이왕 늦은 밤, 밤 한번 지새워 봅시다."

친구는 주모의 후덕한 인정에 도취되어 연신 잔을 비웠다. 셋이서 산사춘 세 병을 비웠다. 내가 나지막하게 오기택의 '충청도 아줌마' 한 소절을 흥얼거렸다.

–주안상 하나 놓고 마주 앉은 사람아
술이나 따르면서 따르면서 네 설움 내 설움을 엮어나 보자

주모가 빙그레 미소만 짓고 있더니

"옛노래 좋아하시나 봐요."

"흘러간 옛노래 듣는 것을 좋아합니다. 그래서 옛노래 연구 좀 했죠."

"옆 친구도 한 마디해 보세요."

이젠 아예 노래판을 만들 참이었다.

"야심한 밤인데 노래해도 돼요?"

"주택가가 아닌 시장통이라 괜찮아요. 나지막하게 분위기만 잡으면 돼요."

친구가 최성수의 '동행'을 애절하게 불렀다.

－누가 나와 같이 함께 울어 줄 사람 있나요

누가 나와 같이 함께 따뜻한 동행이 될까

주모도 한 곡조 거들었다.

－꽃잎은 하염없이 바람에 지고 / 만날 날은 아득다 기약이 없네

가곡 동심초였다. 조수미 버금가는(?) 가창력이었다. 내가 물었다.

"성악하셨어요?"

"고등학교 때 합창반이었어요."

"어쩐지…, 한 곡조 더 부탁합니다."

여인은 음－음－ 하고 목청을 가다듬더니

－산촌에 눈이 쌓인 어느 날 밤에 / 촛불을 밝혀 두고 홀로 울리라

가곡 '이별의 노래' 3절이었다. 40대 후반쯤 되었을까, 청아한 목소리였다.

"남편이 일찍 세상을 떴어요. 둘 다 서울에서 학교에 다녔죠."

잠시 침묵이 흘렀다.

"아버지는 부대 지휘관이었어요. 불의의 사고로 돌아가셨어요."

여인의 눈시울이 붉어졌다.

"딸 하나 대학에 다니고 있어요. 혼자 뒷바라지하느라 힘들답니다. 이 작은 가게 하나 가지고 둘이서 먹고 살아요."

숙연해졌다. 가게는 식탁 3개였고, 상호는 아예 없었다. 실로 번지 없는 주막이었다. 내가 분위기를 바꾸어 백년설의 '번지 없는

주막’ 을 흥얼거렸다.

　—문패도 번지수도 없는 주막에 / 궂은비 내리는 이 밤도 애절쿠려

친구가 받았다.

　—나는 몰랐네 나는 몰랐네 저 달이 날 속일 줄 / 나는 울었네 나는 울었네 나루터 언덕에서

손인호의 ‘나는 울었네’ 였다. 여인이 권혜경의 ‘호반의 벤치’ 로 응답하였다.

　—내 님은 누구일까 어디 계실까 / 무엇을 하는 님일까 만나 보고 싶네

어느덧 시간은 새벽 3시를 지나가고 있었다. 셋이서 손을 맞잡았다. 여인은 통영 또 오게 되면 꼭 들르라며 눈물을 글썽였다. 그러곤 친구에게 명함을 건넸다. 번지 없는 주막에서 성악을 선사한 매력 있는 여인이었다. 실로 오랜만에 만끽한 번지 없는 주막의 낭만이었다.

　친구는 서울 와서 취중 농담 같은 약속이었지만 사나이 의리를 지키느라 참이슬 10병을 묶어 택배로 보내었다. 답례로 반건조 생선 한 상자가 친구 집으로 왔다. 그렇게 서너 번 인정이 오갔다. 그런데 이걸 어쩌나? 2015년 2월 역시 반건조 생선 한 상자가 친구 집으로 왔으나, 친구는 안타깝게도 불치병인 폐섬유화 증세로 이미 불귀의 객이 되고 말았다. 생선 상자는 그 아들이 대신 받았다. 상자 안에는 메모지 하나가 놓여 있었다.

통영 한번 들르세요.
주안상 하나 근사하게 차려 드리리다.

　이번 15년 만에 다시 찾은 통영 여행의 은근한 기대는 그 번지 없는 주막에 들러 그 여인과 산사춘 한잔하는 것이었다. 그러곤 성악 한 곡조 청하여 감상하는 것이었다. 설레는 마음으로 중앙시장

왼쪽 골목 그 번지 없는 주막을 찾아갔으나, 그 여인은 없고 다른 여인이 가게를 지키고 있었다. 전 주인 행방을 물었으나 모른다고 했다. 전화번호를 모르니 찾을 길이 없었다. 허전한 발걸음을 터덜터덜 돌릴 수밖에 없었다. 15년 전 그날 밤 그 여인이 아버지 영령 앞에 바치는 노래라며 마지막으로 부른 '비목碑木'이 귓전을 맴돌았다.

　―초연硝煙이 쓸고 간 깊은 계곡 깊은 계곡 양지 녘에
　비바람 긴 세월로 이름 모를 이름 모를 비목이여……

김 종 호

총각 주례자의 회상
참된 섬김과 나눔

사회사업가, 수필가
E-mail poulokim@hanmail.net
서정문학작가회 회원, (사)한국문인협회 회원, (사)한국수필가협회 회원,
서정문학 제94기 신인상(수필 등단, 2023년), 한국수필 신인상 등단(2024년)
한국문인협회여수지부 주관 제31회 시민백일장 장원(2022년, 산문 부문)
저서《작은 나루 이야기》《숲을 품은 아이들》
공저《인권과 복지》《서장문학산문선6

총각 주례자의 회상

지난 12월, 겨울의 초입에 도착한 한 통의 결혼식 초대장은 낯선 이름만큼이나 차가운 무게로 책상 한 구석에 밀려나 있었다. 기억의 저편을 아무리 더듬어도 떠오르는 사람이 없어 며칠간 한 켠에 두었던 것이 어느 날 울린 전화 한 통으로 인해 50년의 세월을 가로지르는 타임머신이 될 줄은 몰랐다.

"선생님, 저 한문식입니다. 50년 전에 선생님이 주례서 주셨던 문식이요."

수화기 너머 들려오는 목소리에 눈앞이 아득해졌다. 너무나 놀랍고 반가운 마음에 한참 동안 안부를 주고받으며 옛 기억의 타래를 풀었다. 그는 이번에 손자가 결혼하게 되어 옛 생각에 간절히 선생님이 보고 싶어 초대장을 보냈노라고 했다. 혼주인 아들 이름으로 발송된 초대장이었으니 내가 몰랐던 것이 당연한데도 무뎌진 기억력 탓했던 마음이 못내 머쓱해졌다.

나의 첫 주례는 내 나이 고작 스물일곱, 새파란 총각 시절의 일이었다.

당시 신랑과 신부는 내가 스물다섯에 설립한 장애인 자조 단체 '베데스다 신생회' 회원들이었다. 그들은 순천 애양기술학원[*] 기

---

[*] 순천애양기술학원: 1975년에 순천 매곡동에서 장애 청소년 8명을 선발하여 양재, 양복 기술을 가르치며 애양원에서 시작했던 공동생활 가정형 기술학원으로 운영. 베데스다신생회에서 운영에 지원하였음

숙사에 살며 2년째 양재와 양복 기술을 배우던 스무 살 총각과 열아홉 살 처녀. 젊은 청춘들의 원초적인 사랑은 남녀 숙소가 엄격히 구분된 창살도, 장애라는 벽도 뛰어넘어 피어난 것이다.

어느 날, 처녀의 배가 조금씩 불러오자 두 사람은 내게 찾아와 떨리는 목소리로 고민을 털어놓았다. 그들은 양가 부모님의 허락을 받아달라는 부탁과 함께, 아무에게도 알리지 말고 이 기술학원에서 조촐한 결혼식을 올리게 해달라고 간청했다. 휠체어를 타는 중증 장애인 신랑과 지팡이에 의지하는 경증 장애인 신부가. 덧붙인 난감한 부탁 하나, 바로 장가도 안 간 나더러 주례를 서 달라는 것이었다. 결국, 나는 입소 장애인들을 하객 삼아, 총각 주례로 단상에 섰다.

평일엔 여수에서 장사를 하면서도 주말이면 그곳에 머물며 입소 장애인들에게 초등학교 수준의 공부나 중학교 검정고시를 가르치던 '선생 노릇'이 인연이 된 것이다. 평생을 돌이켜 보면, 내 삶에 자양분이 된 이 시절이 가장 행복한 때였다.

남은 흔적이라곤 빛바랜 사진 한 장 찾기 힘든 세월이 흘렀지만, 그날 내가 했던 투박한 주례사만은 심장 소리처럼 또렷이 남아 있다.

"아들딸 둘만 낳아 잘 기르고, 반드시 성공해서 양복점, 양장점 사장님이 되십시오." 그 서툰 축복은 주문이 되었던 모양이다. 그들은 실제로 자녀 둘을 낳았고, 타지에서 남의 집 점원 생활로 정직하게 돈을 모아 신랑 고향에서 번듯한 자기 점포를 차린 사장님이 되었다.

이 특별한 첫 경험 이후, 지천명知天命의 나이에 접어들자 내게 주례를 청하는 이들이 하나둘 늘어났다. 사실, 장애인인 나에게 주례를 부탁한다는 것은 쉬운 결정이 아니었을 거고, 하객의 시선을 의

식해야 하는 부모 처지에서는 더욱 그랬을 터다.

나는 이런 분들에게 그들의 진심을 확인하기 위해서, 그리고 가정의 본질을 가르치기 위해 '모진 사랑'의 조건을 내 걸었다. 먼저, 예비부부는 별도의 시간을 내서 '결혼과 가정'에 대한 교육을 이수해야 했고, '나의 결혼 준비'라는 설문지 숙제와 '가족 사명서'를 제출해야 했다. 최종 상담 시간엔 내가 제시한 서약서[**]에 서명하고, 예식장에서는 하객들 앞에서 수입의 1%를 평생 나누겠다는 '1% 나눔 서약'에 사인을 해야 했다. 누군가의 사표師表로 살 자신이 없었던 내가 주례를 피하고자 만든 방어기제이기도 했지만, 별 소용이 없었다. 형식적인 결혼식보다 실제로 혼인의 가치를 소중히 여긴 분들이었기 때문이었으리라.

내가 주례한 이 착한 스물한 쌍의 부부들은 지금도 삶의 가치를 소중히 여기며 잘 살아가고 있으리라. 나는 내 아들과 딸 혼인에 대해서도 이 조건을 그대로 적용했다.

한편, 나는 주례자도 아니면서 몇 년 전까지는 지인이나 친척의 자녀, 교직원이 결혼하면 축하금과 함께 당사자를 축복하는 주례사를 써서 전달하며 살았다.

드디어 지난해 12월 27일, 순천 한 교회. 결혼식장에서 50년 전

[**] 결혼주례 서약서: 우리는 행복한 가정을 이루기 위해 아래와 같이 약속하면서 결혼식 주례를 부탁하오니 허락하여 주시기를 바랍니다.

1. 부모님이 원하시면 우리가 모시겠습니다. 2.매월 1일은 부모님의 날로 정하고 문안드리며 용돈을 드리겠습니다. 3. 성적 순결을 지키며 서로 사랑하겠습니다. 4. 양가 가족을 절대로 저주하지 않겠습니다. 5. 서로 인격을 존중하고 나와 다른 성격, 습관을 용납하고 조화를 이루겠습니다. 6. 자녀를 2명 이상 낳고 그들의 인격을 존중하며 그들 앞에서 다투지 않겠습니다. 7. 자식에게 유산을 물려주지 않고 필요한 곳에 나누겠습니다. 8. 결혼식 혼수품을 최소화하고 검소한 생활을 하겠습니다. 9. 결혼 기념일에는 서로 축하하고 주례 선생님께 전화나 감사 카드를 보내겠습니다. 10. 건전한 종교를 갖고 신앙생활을 하겠습니다. 0000년 0월 0일. 서약인 신랑 000. 신부 000

의 그 청년 한문식을 만났다. 20대 청년으로 만났던 우리는 이제 백발이 성성한 70대 노인이 되어 서로를 얼싸안았다. 그의 아들은 내게 다가와 고개를 숙이며 말했다.

"아버지로부터 평생 선생님의 말씀을 귀에 못이 박히도록 듣고 자랐습니다."

내가 남긴 작은 흔적이 한 가족의 인생에 선한 거름이 되어 대를 이어 흐르고 있다는 사실을 확인한 순간, 가슴 속 깊은 곳에서 형언할 수 없는 뜨거운 행복이 밀려왔다.

이 글을 쓰며 지나온 날들을 돌아보니 회한悔恨과 부끄러움이 앞선다. 하지만, 내가 건넨 서약서와 주례사들이 누군가의 인생에 차가운 굴레가 아닌, 따뜻한 비타민이자 이정표가 되었기를 소망해 본다. 남은 생 또한 누군가의 삶에 조용히 선한 흔적으로 남을 수 있다면, 그보다 더한 축복은 없을 것이다. (2026. 1. 5)

참된 섬김과 나눔

어느 해 여름, 독일 하노버의 저녁 공기는 유난히 맑고 서늘했다. 지인의 초대로 방문한 한 가톨릭 신자 가정. 낡았지만 온기가 감도는 거실에는 마흔 후반의 공장 노동자 남편과 아내, 그리고 일곱 명의 아이가 나를 맞이했다. 평범한 다둥이 가족인 줄로만 알았던 그 현관문 안쪽에서, 나는 내 인생의 가장 시린 성찰과 마주하게 되었다. 일곱 아이 중 막내, 뇌성마비 장애가 있는 한국 아이가 그곳에 있었다.

당시 나는 한국에서 장애인 복지시설을 운영하며 나름대로 평생을 '봉사'에 헌신했다고 자부하던 터였다. 하지만 그 아이의 해맑은 미소 앞에 서자 묘한 당혹감이 엄습했다. 통역을 통해 조심스럽게 물었다.

"이미 여섯 명의 자녀가 있는데, 어째서 이 장애가 있는 아이까지 입양하셨나요?"

아내의 대답은 담백해서, 더 시리게 다가왔다.

"여섯 아이는 하느님의 창조 사업에 협력하는 기쁨으로 얻은 선물일 뿐입니다. 아이들을 키우다 보니 정작 사회에 봉사할 시간이 늘 부족했지요. 그래서 장애 아이를 사랑으로 돌보는 것이 우리 부부가 할 수 있는 가장 진실한 봉사라고 믿었어요."

그 곁에서 남편은 고개를 떨구며 덧붙였다. "일주일에 한 번은 난

민 센터에 봉사해야 하는데, 아이들 때문에 고작 하루밖에 시간을 내지 못해 부끄럽다.”

‘남는 시간’에 하는 것이 섬김과 나눔의 봉사인 줄 알았던 내게, 삶의 가장 소중한 부분을 떼어내 ‘빈자리’를 만드는 그들의 모습은 거룩한 경외감 그 자체였다.

그들의 고백은 내 삶의 가장 부끄러운 부분을 비추는 거울이었다. 우리 기관 설립 이념, 첫 번째가 ‘참 나눔과 참 섬김’이었고, 나 또한 지체장애인으로서 장애 아동 복지시설을 운영하며 주변으로부터 ‘좋은 일 한다’라는 칭찬을 듣곤 했기 때문이다. 나는 그날 밤, 내 안의 위선을 보았다. 과연 아이들을 위해 얼마나 진정으로 섬기고 있었던가. 사회복지를 외치면서도 결국 ‘대가’를 바라는 업무를 하고 있었을 뿐, 이들처럼 순수한 나눔을 실천한 적이 있었던가. 심장이 뜨끔거리는 아픈 충격이었다.

귀국 후, 그 부부가 남긴 뜨거운 불씨를 살리기 위해 그들처럼 장애 아동을 가슴으로 낳아 기르고 싶어 가족의 반대를 무릅쓰고 입양기관을 찾았다. 그러나, 당시 예순을 바라보던 내 나이는 법이라는 차가운 벽에 부딪혔다. “나이가 너무 많습니다.” 그 한마디에 나의 진심을 입구에서 멈춰야 했다. 그러나, 우리나라 아이들의 절반 가까이가 해외로 입양되고, 장애 아동은 입양 문의조차 거의 없다는 가슴 아픈 현실을 알게 되었다. 이후 나는 젊은 부부들을 만날 때마다 이 부부의 사례를 통해 장애 아동 입양의 숭고함을 전하며 아동 입양을 권유하는 사람이 되었다.

나는 작년 7월부터 입양특례법이 특별법으로 확대되어 나이 상한을 폐지되었다는 소식을 들었다. 양육 능력만 있다면 입양할 수 있도록 법이 시행되었다는 소식을 듣고, 마치 내 일처럼 기뻐했다.

신학자들은 예수의 생애를 '내어줌과 쏟음'이라 요약하며, 그 정점은 제자들의 발을 씻기신 '섬김'에 있다고 이해한다. 당시 종의 몫이었던 발 씻김은 단순한 윤리적 교훈이 아닌, 가장 낮은 곳으로 향하는 '하느님 사랑의 실천' 그 자체였기에.

"주님이며 스승인 내가 너희의 발을 씻었으면, 너희도 서로 발을 씻어주어야 한다. 내가 너희에게 한 것처럼 너희도 하라고, 내가 본을 보여준 것이다."

요한복음 13장의 말씀은 나처럼 낮아지기 싫어하고 자존심과 체면을 앞세우는 모든 이의 심장을 꿰뚫는 명령이다. 그리스도인의 정체성이고, 이 정체성이 바로 '사랑'이 아닌가. 나 같은 그리스도인들이 남들이 하기 싫어하는 것을 기꺼이 하고, 남들이 가기 싫어하는 곳에 갈 때, 그것이 예수님처럼 발을 씻어주는 '섬김'이라는 말씀일 터다.

우리의 생각이 바뀌면, 세상은 달리 보인다. 봉사하고 싶어도 건강이 허락지 않고, 나누고 싶어도 가진 것이 없어 아파하는 이들이 있다. 그렇기에 나보다 어려운 이들을 위해, 우리 사회를 위해 무언가를 할 수 있다는 사실 자체가 얼마나 큰 축복인지 모른다. 그 독일인 부부는 내게 진짜 장애가 무엇인지, 눈뜬장님으로 살아온 것은 바로 나였음을 깨닫게 해주었다.

우리는 흔히 눈에 보이는 불편함만을 장애라 생각한다. 하지만 건강한 육체를 가지고도 정신이 가난한 이들은 얼마나 많은가? 머리는 비대하나 발을 멈춰있고 이기심과 탐욕으로 공동체를 병들게 하는 이들이야말로 더 큰 장애를 앓고 있는 것은 아닐까.

20여 년 전, 하노버의 노동자 부부가 우리 기관 교직원들에게 선물한 봉사활동이다.

"우리 선생님들은 장애 아이들을 돌본다는 이유로 세상으로부터 '천사'라 불린다. 하지만 우리는 대가를 받고 일한다. 진정한 천사가 되려면, 대가 없는 봉사를 통해 그 이름을 증명해야 하지 않겠는가?"

한 달에 한 번, 소그룹으로 나뉘어 지역 사회의 더 낮은 곳을 찾아가 의무적으로 봉사하자는 내 권고를 지금까지도 이어가고 있어 무엇보다 자랑스럽다.

글을 맺으며, 인생에서 정말 중요한 것은 나의 사회적 지위가 아니라 누구와 더불어 살아가느냐는 것이 아닐까. 정말 중요한 것은 내가 무엇을 가졌는가가 아니라, 남에게 무엇을 베푸느냐는 것으로 생각한다. 오늘, 나는 남들이 외면하고 소외당하는 사회적 약자를 향하며 누군가의 발을 씻어주는 '참 섬김'의 삶을 살고 있는가.

스스로에게 던지는 이 질문을 멈추지 않으려 한다. (2026.1.11.)

김지성(金志誠)

홍시
통도사의 향기

전남 영광 출생
문학의만남 카페지기
2019년 문학세계 수필 등단
문학세계 정회원
2020년 서정문학 시 등단
서정문학 운영위원
서정문학작가회 사무국장
하늘비 산방 (2020) 공저
한국을 빛낸 문인 (2020) 공저
한국대표서정산문선 2024~5 공저
uhspeed@daum.net

홍시

영광읍에서 해풍 내음을 맡으며 30리쯤 더 들어가면, 막힌 숨이 탁 트이듯 드넓은 평야가 펼쳐진다. 설경이 매화의 자태처럼 아름답다 하여 이름 붙은 '설매산' 자락 아래, 70년대 후반에는 초가 마을들이 끊어질 듯 이어져 있었다. 새마을 운동과 함께 닦아 놓은 신작로가 황토와 자갈이 뒤섞여 마을과 마을을 이어 주던 시절이었다.

유년의 그 고장은 풀잎에 맺힌 이슬처럼 순수했고, 보랏빛 동화 같은 동경이 깃든 곳이었다. 학교에 가거나 집으로 돌아갈 때면 늘 걸어야 했던, 가난하지만 정겨웠던 시절이었다.

고무신을 신고 신작로를 걷다 보면, 툭 튀어나온 자갈돌에 발을 헛디뎌 꾸지뽕 가시에 찔린 듯 아파 화들짝 놀라던 때가 많았다. 어쩌다 트럭 한 대가 흙먼지를 몰고 지나가면 온몸이 황토 먼지에 덮이고, 숨이 막혀 고구마를 급히 먹다 체한 듯했다. 하지만 신작로는 드넓은 우주 속 미지의 전파처럼, 우리 유년의 마음을 세상과 연결해 주는 동경의 길이었다.

바람이 세차게 불면, 추수를 마친 들판은 황량했고, 단추 풀린 허수아비의 겉옷이 하얀 억새꽃처럼 나부꼈다. 배고픈 참새들은 창공을 무리 지어 어지럽게 날다가 전신주 위에 나그네처럼 앉아 쉬곤 했다. 해풍이 불어오면, 전신주 위를 지나는 가느다란 전선은 하모니카의 낮은 '도' 음처럼 미묘하고 슬프게 울었다.

그 소리는 마치 전근 가는 여선생님의 마지막 인사 같기도 하고, 농촌 풍경을 사랑한 반 고흐조차 그리지 못한 덜 마른 수채화 같은 장면 같기도 했다.

그날의 기억은 너무나 생생했다. 왜냐하면 그날은 국어 시간에 '발전'의 반대말을 묻는 쪽지시험이 있었기 때문이다. 정답은 '퇴보' 였지만, 반 전체가 누구도 맞추지 못했다. 화가 잔뜩 난 담임 선생은 반 전체 학생들의 손바닥을 사정을 두지 않고 버드나무 매로 세 대씩 때린 후, 숙제를 잔뜩 내주고 수업을 마쳤다.

친구들과 나는 학교 수업이 끝나고 집으로 곧장 가지 않았다. 마을 뒷산으로 올라가 마른 잔디와 솔방울을 모아 모닥불을 피우며 놀았다. 봉덕산 아래의 그 산은 야트막한 민둥산으로, 신작로가 훤히 내려다보이는 전망 좋은 곳이었다. 서쪽 들판 끝에는 칠산 바다가 붉은 노을빛에 물들어 있었고, 동쪽으로는 조그맣게 학교가 보이며, 황톳빛 신작로가 들판 한가운데 오솔길처럼 펼쳐져 있었다.

생기를 잃은 코스모스 줄기는 갈색으로 말라, 하늬바람에 힘없이 나부끼고 있었다. 그때, 흙먼지를 일으키며 버스 한 대가 신작로를 달려오고 있었다. 잠시 후 마을 어귀에 멈춰 섰고, 한 무리의 사람들이 무리 지어 내렸다. 하얀 두루마기를 입고 검은 갓을 쓴 사람이 대여섯, 초립을 쓴 사람이 두 명, 등심을 낸 사람이 다섯 징도 되어 보였다.

그들은 동구 밖에서 곧장 마을로 들어서지 않고, 어쩐 일인지 우리가 놀고 있는 뒷산으로 이어진 교회 길로 올라왔다. 산 위에서 내려다보니, 간헐적으로 교회의 오솔길 양옆에 피어있는 하얀 억새꽃이 서걱대며 사람들의 얼굴을 간질이는 듯했다. 그들은 산으로 오르지 않고, 뒷산 밑의 황토밭에 모두 짐을 내려놓았다.

 친구들과 나는 호기심에 산밑 밭으로 향했다. 고추나무에는 희아리가 된 마른 고추가 서너 개씩 매달려 소슬바람에 파르르 떨며 늦가을을 붙들고 있었다. 조용한 침묵 속에 하얀 연기가 피어올랐고, 검은 망건에 통영 갓을 쓴 노옹이 장죽을 빨고 있었다. 그 옆에 황색 초립을 쓴 또 다른 노인이 입을 열었다.

 "선주님, 이곳은 비록 주산이 낮아 좌청룡 우백호의 지세는 아니지만, 앞쪽으로는 천 석을 할 수 있는 넓은 평야가 펼쳐져 있고, 뒤로는 아담한 산이 여인의 치마폭 같은 형상을 이루어 발복의 명당이라 할 만합니다."

 그 말에 선주가 웃으며 말했다. "과연 정풍수는 명불허전이군요. 풍수 선생의 식견이 놀랍습니다."
 "과공비례라 하지요. 과찬입니다." 초립을 쓴 노인은 직수굿하게 허리를 굽혀 겸손의 예를 표했다.
 나중에 어른들의 이야기를 듣고 알게 된 것이지만, 그는 젊은 시절 팔도를 떠돌며 풍수를 익힌 '정풍수' 였다. 그는 박달나무 함을 열고 뜬쇠를 꺼내 방향을 잡더니, 고추막대를 뽑아 밭 위에 직사각형을 그렸다. 개혈開穴 자리를 정한 것이었다.
 잠시 후, 상복을 입은 장자가 제물을 진설하고 술을 올렸다. 낭랑한 축문이 풀잎을 적셨고, 눈동자에 잠시 이슬이 맺혔다. 이어 산역꾼들이 흙을 파기 시작했다. 삽질 소리만이 고요한 공기를 채웠다.
 한 시간 남짓 파내자 붉은 황토가 드러났다. 그곳에 고급스러운 오동나무 관이 안치되었다. 관 밑에는 북두칠성을 상징하는 일곱 구멍의 칠성판이 깔렸다. 죽은 이의 영혼이 저승으로 곧바로 오르길 바라는 뜻이었다.

그때 내 눈에는 동네 논밭을 돌보며 품삯을 받아 늘 농주에 취해 사는 오십 대 봉촌 양반이 눈에 띄었다. 어느새 기별을 받고 왔는지, 상자 안의 화선지에 싸여 있는 유골을 꺼내 손수 닦고 있었다. 그는 육탈이 덜 된 유골을 향나무 끓인 물로 닦은 뒤, 유골에서 육편이 남아 있는 살점을 때가 낀 손톱으로 스스럼없이 긁어내거나 맨손으로 뜯어냈다.

유년의 나에게 그것은 경천동지할 광경이었다. 매스껍고, 금방이라도 토악질이 날 듯했다. 비린 송장 냄새가 온산을 뒤덮었고, 땅강아지와 새까만 개미떼가 몰려들었으며, 파리 떼가 흙과 살점 사이를 어지럽게 날았다. 나는 헛구역질을 참지 못해 황토밭에 주저앉았다.

유골이 머리, 가슴, 다리 순으로 관 속에 정리되었다.

봉촌 양반은 땀을 훔치며, 까맣게 손톱 때가 낀 엄지손가락이 막사발 잔에 잠길 만큼 깊게 잡은 채 막걸리 한 사발을 들이켰다.

유심히 보니, 시신을 닦던 그 엄지손가락이 술잔 속에 잠겨있었지만, 그는 아무렇지도 않은 표정으로 또 한 잔을 쭉 비웠다.

그러고는 홍어를 엄지와 검지로 집어 초장에 찍어 몇 번 게걸스럽게 먹더니, 곁에 있던 나를 돌아보며 잠시 무언가를 생각하는 듯하더니, 제물로 올려진 선홍빛 홍시 하나를 집어 들었다.

그리고 그것을 나에게 갑자기 내밀었다.

"지성아, 옛다. 홍시 하나 먹어라."

그 순간 나는 숨이 멎는 듯했다. 너무 놀라 창백한 얼굴로 달아났고, 뒤에서 많은 사람이 한바탕 호탕하게 웃어 재끼는 소리가 들렸다.

뒷산 솔밭 정상에 앉아, 칠산 바다에서 불어오는 바람에 몸에 밴

사체 냄새를 아무리 날려 보려 해도, 끔찍하게도 쉽게 지워지지 않았다.

지금도 많은 세월이 흘렀지만, 시골 고샅길 담장 밖으로 고개를 내밀고 묵상하듯 서 있는 늙은 감나무에 매달린 홍시를 볼 때마다 유년의 아련한 추억 냄새가 스멀스멀 피어난다.

계절이 깊어가는 늦가을, 이제는 배고픈 새를 위해 허공에 불을 켜듯 매달려 있는 까치밥을 볼 때마다 자연과 더불어 살아간 조상들의 지혜롭고 넉넉한 마음, 그리고 그 겸허함을 배워 본다.

통도사의 향기

　마음이 허허롭거나 고요히 나를 들여다보고 싶을 때면, 나는 종종 사찰을 찾는다. 오늘은 사색의 발길을 양산 통도사로 향했다. 가을 햇살이 땅 위에 한 움큼씩 쌓이는 듯 햇살 좋은 날씨다.

　솔숲에 아늑하게 자리한 통도사 주변에는 피부를 간질이는 솔바람이 지나가며, 솔향기가 그윽이 묻어난다. 어디선가 고요의 음계를 밟으며 날다람쥐 한 마리가 오르내리고, 그 움직임조차 적막의 일부처럼 느껴진다.

　통도사는 낙동강과 동해를 품은 영축산 남쪽 기슭에 자리한 불보사찰이다. 삼국시대 신라의 자장율사가 창건한 이래 천오백 년의 세월을 품고 있다. ‘영축산’이란 이름은 석가모니가 설법한 인도의 영축산과 통한다는 뜻에서 비롯되었고, ‘통도通度’는 승려가 되려는 이가 모두 이곳 금강계단에서 계를 받는다는 의미에서 유래했다고 한다.

　사찰 초입에 들어서자 멀리 일주문이 보였다. 기둥이 한 줄로 서 있는 그 문은 ‘일심一心’을 상징한다. 세속의 번뇌를 불법의 청량수로 씻고, 한마음으로 진리의 세계로 들어서라는 뜻이 그 안에 담겨 있다. 경내는 물을 뿌려놓은 듯 고요하고, 시간조차 숨을 고르는 듯하다.

　천왕문을 지나 불이문 앞에 섰다. ‘불이不二’란 모든 것이 평등하고 차별이 없다는 뜻이다. 그래서 이 문을 '해탈문'이라 부르기도 한다. 불이문을 지나니 대웅전의 팔작지붕이 하늘로 날아오를 듯 웅장하다.

통도사 대웅전은 그 외관부터가 독특하다. 사면마다 다른 이름의 현판이 걸려 있는데, 동쪽은 '대웅전', 서쪽은 '대방광전', 남쪽은 '금강계단', 북쪽은 '적멸보궁'이라 한다. 그중 '적멸보궁'이라는 이름이 말해주듯, 이곳은 부처의 사리를 모신 자리다. 그래서 대웅전 안에는 불상 한 점 없이 불단과 법상만이 놓여 있다. 부처의 진신사리를 금강계단에 모셨기에 따로 불상을 봉안하지 않았다고 한다.

대웅전 앞에 서니 바람결에 풍경이 맑게 운다. 그 소리에 맞춰 내 안의 묵은 마음이 조금씩 비워진다. 속세의 물음표들이 바람 따라, 시간 따라 멀리 흩어져 간다. 풍경 안에 매달린 물고기는 밤낮으로 눈을 감지 않는다고 한다. 수행자는 그 물고기처럼 깨어 있으라는 가르침이리라.

통도사 경내 곳곳에는 검은 나무판에 흰 글씨로 새긴 경구가 걸려 있다.

"남의 잘못을 탓하지 말라! 남의 단점을 보지도 말라! 나의 잘못을 변호하지 말라! 나의 단점을 고치기에 힘쓰라!"

그 글귀를 읽으며 문득 '절영지회絶纓之會'의 고사가 떠올랐다. 춘추시대 초나라 장왕의 일화에서 비롯된 이야기다.

'절영지회絶纓之會'는 "갓끈을 자른 연회"라는 뜻으로, 남의 잘못을 관대하게 용서하고 자신의 허물을 깨우친다는 의미다. 춘추시대 초나라 장왕(莊王, BC 613~591)의 일화에서 비롯된 성어다.

초의 장왕은 춘추오패春秋五霸의 한 사람으로, 불같은 성격 속에 원대한 웅략을 품고 있던 인물이었다. 필邲의 전투 당시 몸소 선두에서 북채를 잡고 진나라군을 몰아쳐, 춘추시대 미증유의 대승을 거두며 세 번째 패자霸者로 이름을 올렸다.

하루는 장왕이 나라의 큰 난을 평정한 후, 공을 세운 신하들을 치하하기 위해 연회를 베풀었다. 신하들을 아끼던 장왕은 이 연회에서 자신의 후궁들이 시중을 들게 했다. 연회가 한창 무르익을 무렵, 갑자기 바람이 불어 연회장의 촛불이 일순간 꺼졌다.

그때 한 여인의 앙칼진 목소리가 울려 퍼졌다. 어둠을 틈타 누군가가 한 후궁의 가슴을 만졌고, 그 후궁이 그자의 갓끈을 뜯어두었다며, 장왕에게 불을 켜서 그 무엄한 자를 처벌해달라고 외쳤다. 왕의 여인을 희롱한 것은 불경죄이자 역모에 준하는 중죄였다. 그러나 장왕은 크게 노하지 않고 이렇게 명했다.

"이 자리는 내가 아끼는 신하들의 공을 치하하기 위해 만든 자리다. 이런 일로 처벌하는 것은 온당치 않다. 이 자리에 있는 모든 신하는 내 명을 들으라! 지금 쓰고 있는 갓끈을 모두 잘라 버리도록 하라! 이번 일은 후궁들을 들게 한 나의 경솔함에서 비롯된 일이니, 불문에 부치겠다."

장왕은 후궁들의 마음을 다독여 내보내고, 신하들이 모두 갓끈을 자른 뒤에야 불을 켜게 했다. 그리하여 범인이 누구인지 알 수 없었고, 자칫 연회가 피바람으로 번질 수도 있었던 일이 장왕의 통 큰 결단으로 평온히 마무리되었다.

그로부터 몇 해 뒤, 초나라는 진나라와의 전쟁에서 존폐가 달린 싸움을 치렀다. 전쟁터에서 장왕이 죽음의 위기에 처했을 때, 한 장수가 온몸에 피를 뒤집어쓴 채 용맹하게 싸워 장왕을 구했다. 전쟁이 끝난 후 장왕은 그 장수를 불러와 용상에서 내려와 그의 손을 잡고 물었다.

"그대는 어찌 그리도 이번 전쟁에서 목숨을 아끼지 않았는가?"

장수는 예를 올리며 답했다.

"몇 해 전 연회 자리에서 술에 취해 죽을죄를 지은 소신을 폐하께서 살려주셨습니다. 그날 이후 제 생명은 폐하의 것이라 여겨왔고, 오늘 그 은혜를 갚고자 싸웠습니다."

이 고사는 현대를 살아가는 우리에게도 많은 깨달음을 준다.사람은 누구나 크고 작은 허물이 있다. 나의 허물은 작게, 남의 허물은 크게 보이기 마련이다.남의 허물을 덮어주고 용서하는 관용의 미덕이 결국 자신에게 덕이 되어 돌아온다는, 통도사의 경구가 전하는 언어의 향기를 마음에 담아본다.

문득 벤저민 프랭클린의 말이 떠오른다.

"손해를 본 일은 모래 위에 기록하고, 은혜를 입은 일은 대리석에 기록하라."

대웅전을 나와 극락암으로 가는 길옆의 메밀밭에는 고요한 사찰 분위기에 어울리듯 하얀 메밀꽃이 극락정토의 세상처럼 웃음을 지으며 물결친다. 첫눈이 내린 듯한 하얀 메밀꽃을 보고 있자니, 마치 천상계에 와 있는 듯한 착각을 불러일으킨다. 그 순간, 속세에 물든 마음이 박하잎을 머금은 듯 환하게 밝아온다.

배　　동　　칠

시간을 걷는 길 (경주, 포항 여행)
나를 그려 본다

동국대 대학원 석사
서정문학 시조부문, 수필부문 등단
서정문학 감사
황송문학 감사. 충성문학 회원
2026년 『서정문학』 시부문 신인상 수상
성남 문화예술제 시민 백일장 장려상
dcbae6507@hanmail.net

시간을 걷는 길 (경주, 포항 여행)

우리 생도회 일행은 역사 탐방 일환으로 전국 여행을 하는 중이다. 이번에는 2박 3일 여정으로 경주, 포항, 등을 돌아보았다.

2025년 06월, 16일 아침 09시에 만나서, 가는 도중 비가 가끔 내리다 그친다. 자동차가 시원하게 목욕한다. 물먹은 도로에 타이어 온도가 과열되지 않았다.

경주에 도착하니 생각보다 조용했다. 관광지라기보다 기억의 한 페이지처럼 다가왔다. 경주는 장교 시절부터 가족, 또는 모임 친구들과 여행하던 장소였다. 살아생전 어머니와 함께 단둘이 동해안 등 일주일간 여행할 때 돌아봤던 유서 깊은 곳, 천년의 시간을 품은 도시, 유적과 도로, 골목과 고분이 함께 숨 쉬는 이 도시에서 천천히 걷는다. 시간은 발밑에서부터 피어났다.

처음 발길이 닿은 곳은 대릉원이었다. 경주를 방문하는 사람들은 대개 땅을 걷는다. 대지의 기억으로 가득한 도시다. 왕릉이 있는 구릉을 따라 걷고, 신라의 흔적이 새겨진 돌길을 밟고, 황룡사 터의 공기를 들이쉰다. 나도 친구들과 첫날의 여정은 흙과 나무, 돌에 닿아 있었다. 묘하게 익숙한 느낌에 사로잡힌다. 풀을 깎는 사람들, 아이 손을 잡고 걷는 가족들, 사진을 찍는 여행자들 속에서 무덤은 슬프지 않을 것이다. 삶과 죽음이 자연스럽게 뒤섞이는 풍경들이 오히려 시간의 본래 모습은 아닐까 싶다. 대릉원 길을 따라 걷다가 문득 오래된 시간을 밟고 있다는 느낌을 받았다. 고분 하나하나가 거대한 침묵의 덩어리처럼 서 있었다. 그 안에는 이름을 알 수 없는 여러 삶이 잠 들어 있는 것이다.

대릉원 안에 천마총은 단일 릉 안을 개봉하여 릉 내부를 관람할 수 있도록 한바, 역사 탐방의 목적인 듯 그야말로 처음 보는 곳이다. 책에서나 보았던 이름, 하지만 그곳은 단지 무덤이 아니었다.

수천 년 전의 누군가가 말을 타고 바람을 가르며 달렸을지 모른다는 상상 속에서 오히려 그 고요함에 압도되었다.

천마총에 묻힌 피장자는 황금으로 치장한 고대 신라 최고의 권력자인가. 왕을 뜻하는 호칭인 마립간 시대 왕이나 왕에 준하는 인물로 추정하였으나 주인공에 대한 논의는 계속된다고 명시하고 있다.

무덤 안에서 복원된 유물들을 보며, 생을 마감한 이가 남긴 마지막 흔적이 왜 이렇게 반짝일 수 있는지 의문이 들었다. 죽음조차도 품위 있게 마치 떠나는 한 예술가처럼 하는 것이다.

삶과 죽음을 함께 준비한 그 정성이 현대인의 무심함을 꾸짖는 것 같았다. 그들이 남긴 것은 사치가 아니라 의지인가. 머리에 쓰는 순금제 금관부터 금제 허리띠, 금동 신발, 봉황문 환두대도, 유리 구슬 금구슬로 만든 목걸이 등은 신라 마립간 시대 최고 지배층의 권력과 힘을 상징한 것을 알 수 있다.

천마총을 지나 가까운 거리에 황룡사지 터는 땅 비어 있었다. 아무것도 없었기에, 더 많은 것을 상상할 수 있었다. 그곳은 폐허가 아니었다. 돌 하나, 기단 하나조차도 시간을 붙들고 있었다. 잠시 눈을 감고, 그 옛날 황룡사가 서 있던 풍경을 그려 보았다. 그리고 생각한다. 무너졌다는 건 사라졌다는 것이 아니라고.

경주는 천 년 전의 호흡이 지금도 이 땅 어딘가 남아 있는 것처럼, 어딜 가나 땅이 말을 걸어오는 조용한 중력을 지닌 도시인 것이다.

차도 길 건너편에 첨성대가 멀리 보였으나 일행 중 더위는 물론 걷기 힘든 친구가 있어 가까이 가지 않았다. 멀리서 바라보면서 낮의 햇살 속에서도 그전에 가까이 보았던 구조물의 숨결을 느낄 수 있었다.

밤하늘을 읽는 일이 권력과 지혜였던 시대, 하늘 바라보며 인간이 얼마나 겸손했는지를 되짚어보게 한다. 어쩌면 지금 우리에겐 별을 보는 대신 스마트폰 화면만 바라보는 다른 종류의 망각이 있는지도 모른다. 천문을 바라보던 민족이 지녔던 높은 시선과 긴 시간 감각 등, 그런 것이 느껴졌다.

다음 날 아침 식사 후 불국사를 돌아 보았다. 석가탑 다보탑, 대웅전 등, 역사 시간에 배웠던 지식을 삶의 현장에서 재확인해도 감회는 새롭기만 하다, 노년의 우리처럼 갈수록 퇴색되어 가는 단청 기와 건물 등, 보수를 해야 하지 않을까 생각된다.

10여 키로를 달려 석굴암 주차장에 주차하고 20여 분을 걸어서 석굴암을 마주했다. 걷기 불편한 친구는 중도 포기, 여러 번 다녀갔다니 다행이지만 아쉬웠다. 나 역시 친구와 가족과 어머니와 이번까지 네 번째 가본 곳이다.

석굴암은 경주시 동쪽 토암산 자락에 통일신라 경덕왕의 명에 따라 재상 김대성이 불국사를 세운 다음 석불사를 짓는다. 훗날 석굴암으로 이름이 바뀐다. 석굴암 완공 시기는 774년이지만, 김대성 살아생전에 창건의 주역이지만 완성 못 하고 나라에서 마침내 완성시켰다고 한다. 석굴암은 국보 24호로 유네스코 세계문화유산에 1995년 경주시 일대 문화재 불국사, 석가탑, 다보탑 등 통합 문화유산으로 동시에 등재되었다.

석굴암, 그 얼굴은 충고도 없이 조용히 나를 바라보았다. 무너진 마음도 속도에 지친 생각도 그 침묵 앞에서는 서서히 가라앉았다. 묻지 않아도 이미 대답은 와 있었다. 그 옛사람은 왜 이 산 위에 무거운 돌들을 쌓았을까. 세월에 부서질 것을 알면서도 돌 속에 침묵을 새긴 까닭은 무엇이었을까. 이름을 남기기보다 무너지지 않는 마음 하나 그 자리에 남기고자 했을지도 모른다. 지금 우리는 너무 많이 말하고 너무 많이 가지려 한다. 그러나 이 부처는 말하지 않는다. 그저 앉아 있을 뿐이다. 그 침묵은 모든 것을 껴안는다.

석굴암을 나서며 손을 펼쳤다. 햇살이 손바닥 위를 스쳤고 곧, 흘러내린다. 그 순간 알았다. 삶은 붙잡는 것이 아니라 흘려보내는 것임을…

경주는 신라 천 년의 왕릉들 황룡사, 첨성대, 석굴암, 안압지 같은 고분과 유적들이 흙 위에 가지런히 놓여있어 땅의 도시라 생각되었다. 그러나 경주의 동쪽 끝 바다와 맞닿은 봉길리에서는 그 생각이 무너진다. 신라의 한 왕이 땅이 아닌 바다에 잠들어 있기 때문이다. 왕은 신라 30대 문무대왕으로 통일을 이룬 인물로 평가 받고 있다. 아버지는 태종 무열왕(김춘추)이다. 삼국통일을 위해 당나라와 연합, 백제 고구려를 멸망시킨다. 이후 당나라와 전쟁을 통해 당나라 세력을 몰아낸 왕이란 것을 역사 시간에 배워 알고 있지만, 역사 탐방길, 이를 제안한 역사를 잘 아는 회장 친구 설명 덕분에 새삼 여행지로 삼아 문화유산 답사를 즐기고 있는 것이다.

경주시 문무대왕면 봉길리에 도착했을 때 바닷바람의 짭짤한 내음, 잔잔한 파도는 쉼 없이 해안 바위를 두드린다. 그리고 그 바다 한가운데 홀로 솟은 바위섬 하나, 수묵화 속 한 점처럼 검고 또렷한 바위 앞에 서니 1,300년 전의 결심이 가슴을 건드린다.
"내 죽으면 화장하여 동해에 묻고, 용이 되어 이 나라를 지키리라" 삶의 끝에서도 나라를 걱정했던 한 왕의 목소리가 파도를 타고 들려오는 듯하다.

누군가 말했다. 문무대왕은 죽어서도 나라를 지키겠다, 고 했다지. 사람들은 그런 말을 신화처럼, 혹은 수사적인 과장처럼 흘려듣곤 한다. 하지만 그 자리에 서 보니 그말이 그냥 전설이 아니란 걸 알게 되었다. 문무대왕은 삼국을 통일한 왕으로 신라의 지도를 완성한 인물, 하지만 그는 자신의 이름을 정복자보다 수호자로 남기를 바랐던 사람인가!
문무왕은 681년 세상을 떠나며 죽은 뒤에도 나라를 지키겠다고 유언한다. 그 결심은 실현되었고, 그의 유해는 화장된 후 바다 바위섬에, 지금도 그 자리에 우뚝 서 있는 것이다. 우리는 수중릉을 한참 바라보며 모래사장 자락에 서서, 핸드폰으로 번갈아 가며 사진도 찍었다. 파도는 그 바위

를 쉼 없이 감싸고 있었고, 갈매기 한 마리가 바람을 타고 맴돌다 앉기도
한다. 누군가 의도적으로 조성한 기념이나 비석이 아니라, 그저 거기 있는
자연, 그러나 너무도 분명히 무언가를 품은 공간, 무덤이라는 말이 무색
할 만큼, 그곳은 하나의 정신이었다.

　갈매기는 머리 위를 돌고 해풍은 옷깃을 적시는데, 수중릉을 뒤로 하며
생각했다. 한 왕이 잠든 자리 앞에서, 나 자신을 다시 바라 보았다. 우리는
누구를 위해 무엇을 지키며 살아가는가. 삶의 무게는 곧 방향이고, 죽음
의 자리는 곧 그 사람이 남긴 말이다. 대왕암은 말이 없지만, 끝없는 파도
를 대신 보내 묻고 있는 것이다.

　50여 분 달려서 바다가 보이는 구룡포 호미곶에 갔다. 국립등대 박물관
을 구경하고 우리나라 등대의 역사와 세계 등대사 기록을 주마간산 격으
로 보고 왔다. 일제 강점기 전쟁으로 파괴된 서구식 항로 표지를 국제 원
조를 받아 복구했으나 현재는 축적된 경험과 기술을 개발도상국에 지원
하고 있다. 세계 시장을 선도할 수 있는 첨단 항로 표지 기술 개발에 박차
를 가하고 있다고 하니 다행이다.
　우리는 흔히 등대, 등대를 지키는 사람을 등대지기로 알고 있으나 1988
년 등대를 항로 표지 관리소로 재정한 것을 이곳에서 알게 된다. 이를 지
키는 사람은 지기가 아니고 항로 표지 관리원으로 직제가 개정된 것이다.
십여 년 전에 관광버스로 해돋이를 보러 연말 저녁에 출발하여 새벽에 도
착했었다. 추위를 떨며 해돋이를 보고 인증 사진을 찍었던 호미곶을 지나
친 후 바닷가 도로를 달렸다. 삼척에서 내려온 친구와 약속을 지키기 위해
서다. 우리 일행은 포항에서 제일 큰 죽도 시장 식당 횟집에서 친구를 만
나 식사를 하며, 오랜만의 회포를 풀었다. 참 많이 웃고 떠들었다. 그 친구
가 노래방에 가자고 하니 거절을 못 하고 한두 가락씩 뽑는다. 내 노래가
어쩌다 100점이 나오니 돈을 내라 한다. 만 원짜리가 없어 주춤 하니 회장
이 만 원을 대불한다. 한 친구도 100점, 또 대불한다. 계산은 삼척 친구가
했다. 젊음의 타임머신을 탄 즐거운 시간을 보내고 경주 숙소로 향했다.
　빠르게 흘러가는 일상 속에서 우리는 얼마나 자주 멈춰 서는가. 경주

의 고요함은 속도를 줄이라 말하고, 오래된 것의 가치를 다시 보라고 권한다. 경주는 과거의 도시가 아니다. 오히려 우리가 미래를 어떻게 살아야 하는지를 묻는 거대한 질문이다. 천년의 도시는 말한다. 더디게 걸어도 좋다고, 오래 들여다 보아야 보이는 것들이 있다고, 그러니 삶도 그렇게 바라보라고, 경주는 결코 박제된 옛날이 아니다. 그것은 지금 우리가 어떻게 살아야 할지를 조용히 일러주는 거울이다. 여행을 마치는 길목에서 내 삶의 어떤 풍경이 될 것인가. 이제야 조금 진짜 여행을 시작하는 것 인지도 모르겠다.

경주는 나를 멈추게 했고, 포항은 다시 걸어가게 했다. 시간은 멀어졌지만, 그 안에 있던 물음은 더 가까워졌다. 삶은 무엇을 지키고, 어디를 나아갈 것 인가의 여정, 나는 이제 지나온 길 위에서 묻고 다가올 바다 앞에서 다짐한다.

머문 자리가 빛이 되고, 걸어간 자취가 누군가의 길이 되기를 바라며, 다시 나의 하루, 시간을 걷는다.

나를 그려 본다

나는 때때로 나를 멀리서 바라본다. 거울도 사진도 아니고, 마음이라는 낯선 렌즈를 통해 그 속에 비친 나는 참으로 익숙하면서도 낯설다. 사람들 앞에서 웃고 말하는 나는 있지만, 혼자 있을 때, 침묵 속에서 마주하는 나는 전혀 다른 얼굴을 하고 있다.

거울 앞에 선다. 익숙한 얼굴인데, 왜 이렇게 낯설게만 느껴질까. 매일 마주하는 내 모습인데도, 어느 날은 마치 처음 보는 사람처럼 멀고 어색하다. 눈빛은 조용하지만, 그 안엔 말로 다 하지 못한 것들이 고요히 숨 쉬고 있다. 그동안 나는 얼마나 많은 모습으로 나를 감췄을까.

누구에게 잘 보이기 위해, 인정받고 사랑받기 위해, 아니면 나조차 나를 믿지 못해서였을까.

살아오면서 수많은 질문을 품었다. 나는 누구인가, 왜 살아야 하는가. 무엇이 진짜 나인가.

이런 질문은 답을 요구하는 것이 아니라 끝없이 곁에 머물며, 삶을 바라보는 시선을 조금씩

바꿔 놓았지만, 바람처럼 스쳐 간 시간 들 속에서 나는 흔들리고 흔들렸다. 환한 순간도 있었고, 잊고 싶은 날도 있었다. 그 모든 조각들이 모여 지금의 내가 되었는데, 나는 자주 자신을 외면했다.

나라는 사람은 단순히 어떤 성격을 가진 누구로 정의되지 않는다,

나는 내가 겪은 시간의 집합이고 기억의 잔해들이고, 말하지 못한 감정들의 무덤이다. 다시 일어서려 할 때마다 스스로에게 건넨 작은 다짐이다.

그래서 마음 안으로 천천히 걸어 들어가 본다. 웃음 뒤에 감춰둔 눈물, 말끝에 숨겨진 외로움, 애써 괜찮은 척했던 날들이 하나둘 손을 내민다. 그때 깨달았다. 내가 외면했던 감정들이, 사실은 가장 진실한 나였다는 걸, 실패는 나를 깎았고 상처는 나를 조금 더 부드럽게 만들었다. 사랑은 나를 흔들었고 외로움은 나를 단단하게 만들었다. 나는 그렇게 살아남은 사람이다. 그리고 아직 살아가는 중이다.

나는 뚜렷한 성공도 눈부신 업적도 가진 사람이 아니다. 하지만 내가 지나온 길에 대해 부끄럽지 않기를 바란다. 수많은 실수와 후회 속에서도 그때의 나는 그 나름대로 진심이었고, 최선을 다해 살아 있으려 했으니까, 철학이라고 할 수 있을진 모르겠지만, 나는 이런 생각을 품고 산다. "사람은 누구나 스스로의 이야기를 품고 있는 하나의 우주다"라고.

겉으로 보이는 것 넘어, 말하지 못한 말들과 꾹 눌러둔 감정들, 그 모든 것들이 한 사람을 이룬다고 믿는다. 그리고 그 우주는 남이 쉽게 함부로 판단해서는 안 될 만큼 복잡하고 아름답다. 이 글을 쓰는 지금도 나는 여전히 되어가는 중이다. 완성이라는 말이 어울리지 않는 존재,

모자라고 흔들리고, 또다시 배워야만 하는 사람, 하지만 그것이

곧 삶이 아닐까. 단단해졌다가 다시 무너지고, 잊었다가 다시 그리워하고, 포기했다가 또 꿈꾸는 것,

한때는 남이 그어준 선 안에서 나를 맞추려 애썼다. 그 선이 틀이 되고, 틀이 굳어 나의 얼굴이 되었다. 하지만 그건 진짜 내 얼굴이 아니었다. 모든 걸 지우고, 텅 빈 마음 위에 다시 나를 그려본다. 화려하진 않지만, 조용하고 따뜻한 나, 있는 그대로의 나, 이제 나는, 내 안에 머무르는 연약함도 사랑하려고 한다.

불완전한 모습도 껴안으며 조금씩 나를 완성해 간다. 그림 같지 않아도 이게 나의 자화상이다. 눈치 보지 않아도 되고, 꾸미지 않아도 되는 진짜 나의 얼굴. 늙어가는 모습, 흉터가 있어도 개의치 않는 얼굴로 사는 것이다.

이 글을 쓰면서 나는 오랜만에 나를 바라보았다. 남들의 시선에서 한 발짝 벗어나, 조용히 내 마음 안을 들여다보는 일은 생각보다 용기 있는 일이다. 때로는 나도 모르게 나를 속이고 있었고, 그런 내가 싫기도 했다. 하지만 글을 써 내려가며 깨달았다. 나를 있는 그대로 인정해주는 그 순간, 비로소 내가 나를 안아주는 것이라는 걸, 이 글을 읽는 누군가가 있다면 조용히 말을 걸고 싶다. 거울 앞에 천천히 서 보며, 그 안에 선 누구보다 소중한 한 사람, 당신 자신을 바라 보기를 바란다고, 하나의 자화상으로 당신의 삶이 누군가의 기억 속에 아름답게 남기를 바란다고, 지금 이 순간 내가 그리는 자화상이 조금은 따뜻해지기를 바라면서 자신에 대한 상실의 시절이 회상된다.

나는 무언가를 잃어본 사람이다. 사람이든 순간이든 꿈이든 돈

이든 명예든 건강이든 붙잡고 싶었으나 결국 손에서 흘러내린 것들이 있었다. 처음엔 그것이 내 세계의 끝인 줄 알았다. 그러나 시간이 지나고 나서야 알게 된다. 상실은 끝이 아니라 또 다른 시작이라는 것을, 잃는다는 것은 참 조용한 일이다. 크게 무너질 것 같은 예감은 드는데, 실제로 그것이 일어나는 순간은 생각보다 담담하다. 아주 작은 틈에서 무너지는 것이 사람의 마음이다.

내가 좋아했던 동료 친구가 떠났고 사랑하는 부모님도 내 마음속에 머물고, 군 시절 마음 같지 않게 칠층 계단에 오르지 못한 지난 시절, 양성 신장암 수술, 투자하다 큰 손실을 보는 등, 소중히 품었던 무언가를 스스로 놓아야 했다. 아무도 모르게 울고, 괜찮은 척하며 견디는 법을 배웠다. 그 시절에 온전히 무너지는 방법조차 몰랐다. 그러나 아이러니하게도, 그 무너짐 속에서 나는 나를 다시 마주하게 된다. 아무것도 붙잡을 수 없을 때 비로소 내가 무엇을 붙들고 살았는지 깨닫게 된다. 그게 상실이 주는 가장 날카롭고도 정직한 교훈이었다. 시간은 약이 되지 않았다. 시간은 그냥 흘러갔고, 나는 그 시간 속에서 조금씩 나를 길들였다. 아픔을, 공허를, 기억을 받아들이는 법을 배웠다. 그리고 문득, 상실의 자리에 아주 조용한 평온이 찾아 들었다. 그 평온은 예전처럼 뜨겁거나 반짝이지 않았다. 하지만 그 자리는 이제 내가 두 번 다시 무너지지 않기 위해 단단히 다져놓은 내면의 바닥이 되었다.

나는 이제 안다. 삶은 얻는 것보다 잃는 일이 더 많고, 그 잃음 속에서 우리는 더 많이 배우게 된다는 것을, 그리고 상실은 나를 찢어놓지만, 그 틈 사이로 세상이 더 넓어 보이게 만들기도 한다는 것을. 지금 이 글을 쓰는 이유는 극복했다고 말하고 싶어서가 아니다. 아직도 때때로 그리움에 잠기고, 잃어버린 것들을 마음속에서 다시 세어보기 때문이다.

삶에 있어 상처 받지 않는 삶은 아니었다. 상처받지 않고 산다고 해서 행복한 것도 아니었다. 상처를 받아도 스스로 이길 수 있는 정신적 능력을 길렀다. 그 능력은 인생이 살 만한 가치가 있다는 확신 때문이다. 다만, 상처를 더는 부끄러워하지 않게 되었다. 이 자화상은 빛나는 그림을 그리려는 그림이 아니다. 오히려 잃어버린 뒤에도 여전히 살아 있으려 했던 나의 기록이다. 오늘도 조금은 조용하게, 그러나 여전히 단단하게 나를 살아내고 있다.

상실은 끝이 아니라 회복의 전주곡이다, 회복은 어떤 날 갑자기 찾아오지 않는다. 어느날 아침 눈을 떴는데 모든 게 괜찮아져 있는 일은 없었다. 회복은 아주 작고 느리게, 심지어 내가 알아차리지 못할 만큼 조심스럽게 내 안으로 들어왔다. 처음엔 그저 더 이상 슬퍼하지 않는 사실이 낯설었다. 무뎌진 것일까, 아니면 정말 괜찮은 걸까. 스스로에게 몇 번이나 되물었다.

그래도 하루가 무사히 지나간 것에 안도했다. 그렇게 하루, 또 하루, 회복은 상처에 흉터를 남기고, 그 흉터는 내가 살아냈다는 증거가 되었다.

슬픔은 끝나지 않지만, 그 슬픔과 함께 살아가는 방법이 분명 존재한다는 걸, 고통은 사라지지 않지만, 그 고통이 더 이상 나를 삼키게 두지 않는다는 걸, 회복은 전쟁이 아니라 평화였다. 무너뜨리는 것이 아니라, 다시 찾는 일이었다. 사람을 더 사랑할 수 있게 만들고 나 자신에게 조금 더 다정해지게 만들었다. 예전에 나는 약해지지 않으려 애썼다. 진짜 강함은 상처를 숨기는 게 아니라, 그 상처와 함께 살아가는 자신을 인정하는 데서 나온다는 걸.

　나는 더 이상 예전의 내가 아니다. 상실을 겪기 전의 나보다, 지금의 내가 조금 더 느리고, 조금 더 부드러워졌다. 무언가를 잃은 자만이 가지는 눈빛을 가졌고, 무너졌던 자리에서 피어나는 강인함을 품게 되었다. 나는 회복의 얼굴을 하고 있다. 조용하고 단단하고, 때로는 흔들리는 모습, 그러나 분명히 말할 수 있다. 나는 다시 걸어가고 있다고, 더 이상 완벽하려 애쓰지 않고, 그저 살아있는 하루를 진심으로 받아들이고 있다고, 하루의 삶은 하루만큼의 죽음이기 때문이다. 한때 부서졌다면 회복은 기적이 아니다. 그건 내 안에 이미 존재하고 있는 놀라운 생의 힘이다.

　하루하루가 모여 인생이 된다, 고 한다. 인생 전체가 의미가 있으려면 살아있는 모든 순간들이 스스로 자존과 타인이 인정하는 명예와, 기쁘고 즐겁고 보람되고 황홀감 행복감이 충만했어야 했다. 하지만 때로는 잊고 살았다. 가족, 또는 누군가를 향한 마음과 애정, 충성으로 채웠다. 더 많은 돈을 얻으려고 얼마 남지 않은 삶의 시간을 낭비했다. 더 높은 명예를 위해 오늘 누릴 수 있는 행복을 내일로 미루었다. 한 번의 삶 되돌릴 수 없고 놓쳐버린 삶의 환희 되찾을 수 있겠는가. 상실 후에 회복에 도달한, 그러나 여전히 살아가는 중인 고백을 하면서 삶의 의미를 되새겨 본다. 누가 찾아주는 것이 아닌 내 스스로 알아서 찾아야 한다.

　조상님 부모님 은덕으로 태어나 성장하며 배우고 결혼하고 자녀를 낳아 키우고 가르치는, 당연히 해야 할 부모로써의 의무를 다함에 있어 부족한 점이 있었다. 하지만 이제는 자녀가 결혼하고 제 할

일, 제 인생은 물론 남의 인생도 돌볼 줄 아는 위치에 있으니, 자녀로 인한 삶의 보람과 기쁨, 회복의 감정을 느끼지 않을 수 없다. 가족으로서 부인의 희생과 봉사 헌신 덕분에 경제적인 여유를 갖게 되고, 자녀 교육을 전담하다시피 한 노고에 빚진 기분인데도 행복을 느낀다. 아마도 부인은 나를 만나서 어떤 감정일까 호구戶口라고 생각할까. 온전한 가족, 형제들이 있어 다행인 것을 항상 감사한다.

동 암 안 영 호

강진 오일장 추억 여행

행복한 삶

서정문학작가회 회원
한국 본격문학작가협히 회원, 강진 문인협회 회원
시집 :『머물고 싶은 세월』,『세상살이 엿듣기』,『우리 꽃 야생화 잔치』
수필집 :『가르치며 배우고 배우면서 가르치고』
자서전 :『CEO 시작해서 마무리까지』
anyoung119@hanmail.net

강진 오일장 추억 여행

내 고향 강진 오일장은 달력의 숫자가 4와 9로 끝나는 5일마다 열리는 장날이 되면 여인네들은 보따리를 머리에 이거나 손에 들고, 남자들은 물건을 손수레나 지게에 실려 장터에 모여들면 안면이 있는 사람끼리 서로 반기며 웃고 수다를 떠는 정겨움에 북적거렸다.

오일장의 시초는 오늘날처럼 가격이 미리 형성돼 물건을 사고파는 장소가 아니라 가정에서 기른 농산물이나 산에서 채취해 온 산나물과 약초에 가정에서 손수 만든 생활 필수품 등을 가져와서 자신이 필요한 물건과 상대방이 가져온 물건을 맞바꾸던 물물교환이 오일장의 출발이라 생각된다.

장날이 되면 물건을 사고팔려는 사람뿐만 아니라 구경하러 오는 사람과 다정한 친구나 친척, 그리고 이웃 마을로 시집간 딸과 친정어머니가 만나려고 겸사겸사 찾는 장터는 궁금한 사람들의 안부를 물어보고 소식을 전하기도 하면서 마을 소식도 알려주기도 해 사람 냄새가 진하게 배어있는 만남의 장소였다.

보릿고개에 살던 나의 유년 시절 어머니를 따라다닌 강진 오일장에는 다양한 먹거리와 볼거리들이 많아 어머니가 일을 마치기까지 나는 시간 가는 줄 모르고, 장터를 누비면서 보고 듣고 경험한 것들을 회상하며 강진 오일장 추억 여행을 떠나고자 한다.

학교에 가지 않은 장날 아침이면 서둘러 식사를 마친 후 어머니께서는 밤새 손질하여 준비하여 둔 바리바리 싼 보자기를 머리에 이고, 난 남은 보자기를 등에 짊어진 후 어머니를 따라 십 리가 넘는 비포장도로를 걸어서 장터에 들어서면 산 내음, 들 내음, 비릿한 갯내음과 가축들의 분뇨가 코를 진동한 장터에는 온갖 물건과 사람들로 붐볐다.

텃밭에서 기른 배추, 무, 상추, 시금치, 고구마, 호박 등과 산에서 채취해 온 더덕과 취나물에 고사리와 곰치 등을 소쿠리에 담아 진열해 놓은 물건들이며 강이나 바다에서 잡아 온 생선과 해산물이 오기까지 그간 흘린 선조들의 땀방울을 생각하니 당시의 고단한 삶을 알게 해주었다.

비릿한 냄새가 코를 진동시킨 수산물이 모인 곳엔 미꾸라지나 메기 등 강에서 잡아 온 생물과 바다에서 잡아 온 낙지와 생선 등이 고무통에서 꼬물꼬물 움직이고, 좌판에는 더위를 먹었는지 입을 쫙— 벌린 채 나란히 누워있는 고등어, 참치, 갈치 등이 손님을 기다리다 팔려가서 여인네가 조리해 저녁 밥상에 오를 때 가족들이 즐거워하며 식사하는 모습을 상상하다 오늘 저녁 우리 집 밥상에 무엇이 올라올까? 궁금증이 생겼다.

할아버지가 만든 빗자루, 대바구니, 소쿠리, 참 빗, 호미, 낫 등의 생활 필수품을 파는 머리가 허연 할머니와 돋보기에 갓을 쓴 할아버지께서 손수 만든 물레, 홍두깨, 방망이와 갖가지 약제 등을 진열해 놓고 손님을 기다리면서 한약재를 작은 작두로 썰어 파는 모습에서 선조들의 지혜와 생활 모습을 알게 해주었다.

가축을 사고파는 우시장에 어미소를 따라와 팔려가는 송아지가 어미소에게 떨어지지 않으려고, 모둠발로 버티며 음—메 음—메 울면서 몸부림치며 끌려가는 걸 지켜보던 어미소는 왕방울 같은 큰 눈에 눈물을 뚝—뚝— 흘리면서 목놓아 울어대는 모성애를 지켜보는 사람마다 안쓰러워 눈시울을 적셨다.

어머니께서는 장터를 둘러보다 "자— 골라잡아 오천 원" 하고 외치는 형형색색의 예쁜 옷을 한동안 서서 눈 쇼핑을 즐기다가 사려는 마음을 접고, 가족들에게 줄 예쁜 옷들을 골라서 값을 치르는 모습을 보고 난 어머니께서 '곱게 차려입고 나들이할 기회가 없어서' 사지 않고 가족들 옷만 사는 줄 알았는데 철이 들고 보니 그 시절 어머니 마음을 헤아리지 못한 불효가 부끄럽고 미안해 마음이 아팠다.

장터에서 놓쳐서는 안 될 풍경은 손수레를 끌고 장터를 돌아다니면서 카세트에 흘러나오는 흥겨운 노래에 맞춰 둥―둥― 북을 두드리며 화장품을 파는 동동구리무 장수와 익살스럽고 우스꽝스러운 분장과 복장을 한 약장수가 구수한 입담으로 각설이 타령을 하면서 호객행위를 하는 흥 겨운 모습을 지켜보던 사람들이 배를 잡고 박장대소하다 흥에 겨우면 함께 어울려 시간 가는 줄 모르게 덩실덩실 춤을 추며 즐기던 모습이 지금도 눈에 선하다.

손수레를 끌며 장터를 누빈 엿장수가 쩔걱― 쩔걱― 소리를 내는 큼직한 흥겨운 가위 소리는 사람들을 불러 모으는 구실뿐만 아니라 엿판에서 엿을 떼어 내 팔 때 엿의 양을 엿장수가 결정해 주기 때문에 '엿장수 마음대로' 라는 말이 있는 것처럼 요즘에도 물건을 사고팔 때 '파는 사람 마음에 달렸다' 고 말하는 것 같다.

한 손에 칼을 쥔 능숙한 손놀림으로 닭과 오리를 잡아 내장을 빼내고 파는 아줌마도 있고, 수십 번 앉았다 일어섰다 하면서 앞에 늘어놓은 것을 다 팔아도 지폐 몇 장 되지 않은 채소를 앞에 두고, 큰소리로 오가는 사람들을 불러모아서 흥정이 끝나면 물건을 건네주면서 한 줌 덤으로 담아주어 인심을 베풀면 셈하는 손님도 훈훈한 덕담으로 응수하는 것은 꼭 이득을 얻겠다는 거래라기보다는 그것이 바로 사람 사는 재미이고 오가는 정이라고 생각한 것 같다.

모처럼 만난 친척이나 다정한 사람들과 장터 국밥집에서 둘러앉아 얼큰한 국밥에 막걸리 한 사발을 주고받으면서 덕담을 나눈 장터는 농촌 사람들이 유일하게 소통할 수 있는 만남의 공간이며 오락과 유흥을 즐길 수 있는 곳으로 우리네 가치관과 생활상을 엿볼 수 있는 박물관 같다는 생각이 들었다.

어머니께서는 종일 쪼그리고 앉아 한 푼이라도 더 받으려는 끈질긴 흥정 끝에 물건을 팔고 나면 손에 쥔 지폐 몇 장을 돌돌 말아 소중히 갈무리하시다 점심때가 되면 어머니는 가져온 도시락을 꺼내 드시면서 나에겐 콩가루를 넣은 우뭇가사리나 국수, 팥죽을 사 주시고, 가끔 군침이 도는 붕어빵과 눈깔사탕을 사주기에 어머니께서는 배가 부르거나 먹고 싶은 마음이 없어서 나만 사주는 줄 알고 좋아하였던 철부지였다.

가져온 물건을 다 판 어머니께서는 한 푼이라도 더 아끼려고 떨이하는 물건을 사기 위해 파장까지 기다렸다가 필요한 물건과 저녁 밥상에 올리려고 간 고등어를 두 손 산 후 집으로 돌아오는 모습이 지금도 눈에 선하다.

가족들이 함께 둘러앉아 식사할 때면 어머니께서는 식사를 천천히 드시면서 나의 밥그릇에 밥이 줄어들 때면 어머니 밥을 숟가락으로 떠 나의 밥그릇에 얹어주고, 간혹 간고등어나 맛있는 반찬을 젓가락으로 집어서 밥숟가락 위에 올려 줄 때마다 나는 넙죽넙죽 받아먹기만 했지 어머니 마음을 헤아리지 못한 불효를 꿈에서라도 한번 만나 뵙고 용서를 빌면서 융숭한 음식을 대접하고 싶다.

어릴 적 장날이 되면 장터와 주변엔 막힌 것이 없는 넓은 공터 어디서든 누구나 물건을 진열해 놓고 팔았는데 오늘날 장터는 옛날과 크기는 변함이 없으나 장터와 주변엔 다양한 상가들이 들어서서 물건을 진열해 놓고, 파는 모습이 마치 마트나 백화점을 보는 것 같아 삭막하고, 물건을 사고파는 장소가 좁아진 데다 그나마 가진 자의 횡포에 밀려 후미진 곳과 드나드는 입구에서 팔도록 제한을 받기에 어릴 적 정겨운 모습을 찾아볼 수 없어 강진 오일장 풍경이 더욱 그리워진다.

지금은 대형쇼핑몰이 생겨 필요한 물건을 인터넷으로 검색하여 주문하거나 집 앞에 있는 마트에서 구하면 신속하게 배달까지 해주기 때문에 편리해 재래시장을 찾는 손님이 점점 줄어들면서 존속하기 어려워 문을 닫는 곳도 생기는데 집 근처에 마트가 있는데도 불구하고 옆에 골목 시장이 들어서면서 마트를 이용한 고객보다 골목 시장을 이용한 고객이 날이 갈수록 점점 늘고 있어 재래시장이 활성화되도록 정부와 지자체가 대응책을 마련해야 할 시기라 생각한다.

재래시장에 가면 많은 시간과 교통비를 들여가면서 물건을 사고 들고 다니는 불편한 점은 있으나 싱싱한 농수산물과 신선도 있는 물건을 살 수 있고, 만나는 사람마다 대화할 때 정겨움을 느끼기에 나는 원거리에 있는 말바우시장을 즐겨 다니며 이용하고, 월 1회 고향 선후배 모임도 시장 안에 있는 횟집에서 가격도 저렴한 싱싱한 활어회와 주인과 종업원들의 덕담에 훈훈한 정까지 느낄 수 있어 자주 다닌다.

재래시장인 오일장에 갈 때는 욕심과 사심을 갖고 가면 곱게 채운 마음이 허하여 무거운 심사로 돌아오기 때문에 무엇을 건지기보다는 내가 가진 것을 조금이라도 나누어주고, 풀어 줄 요량으로 가면, 텅 빈 마음을 채워줄 정겨움과 후한 인심에 정이 넘친 훈훈한 덕담을 나눌 수 있었던 어릴 적 강진 오일장 추억이 그리워진다.

행복한 삶

사람들은 누구나 행복하게 살고 싶다는 로망을 가지고 살면서도 행복을 느끼면서 사는 사람이 별로 없는 것 같다.

행복의 사전적 의미는 '일상생활 중 몸과 마음에서 느끼는 충분한 만족과 즐거운 마음을 느낀 흐뭇한 상태' 라고 말하고, 행복의 기준을 "긍정심리학에서는 쾌락적 즐거움으로 의식주와 관련한 본능적인 욕구가 충족될 때 느끼는 감정과 만족적 즐거움이요, 돈이나 명예 출세 등으로 성공했을 때 느끼는 즐거움이며, 남을 위해 헌신했을 때 느낀 충만감을 뜻한다"로 구분하고 있다."

행복의 조건을 아리스토텔레스는 "지혜와 용기, 절제와 정의 같은 덕목을 실천하면서 부족하지 않은 균형 잡힌 지속적인 삶과 건강하면서 경제적인 안정과 좋은 인간관계 등의 외부환경"을 행복의 조건이라고 말하고, 쇼펜하우어는 '건강한 몸과 마음의 평화 그리고 정신적 안정' 이라 말하였다.

행복은 손에 잡히거나 뚜렷하게 정의되지 않기 때문에 '당신은 어떤 점이 행복합니까?' 라고 물어보면 선뜻 대답하지 못하고 망설이며 머뭇거리는 건 사람마다 성격과 바라는 꿈이 다르기에 한마디로 무엇이 행복하다고 명확하게 답을 못하는 것 같다.

인생에서 행복과 불행은 재산이나 지위에 따라서 결정되는 것이 아니라 '무엇이 행복이고 무엇이 불행이라 생각하는가?' 는 사람에 따라 판단하기 나름이라 생각한다.

추운 겨울날 길에서 적선을 기다리는 걸인을 보고 '행복이 무어냐?' 고 물으면 '오늘 저녁 먹을 끼니와 잠잘 곳만 있으면 행복할 것 같다고' 말하는 행복도 있으나 부러워 할 것 하나 없는 많은 건물과 재력을 갖고도 무엇이 부족한지 하루하루를 악착같이 돈을 벌려는 사람이나 많은 권력을 쥐고 있는 정치인과 수십 개의 계열사를 가진 대기업 회장에게 바쁘게 노력한 이유를 물었을 때 '행복하기 위해서' 라고 대답하면서 열심히 노력하나 행복을 느끼지 못한다는 말을 주위에서 종종 보고 듣는다.

이처럼 행복은 손에 잡히거나 뚜렷하게 정의되지 않고, 먼 곳에 있거나 미래에 있지도 않으며 돈으로 살 수도 없고, 훔쳐 올 수도 없으며 어느 날 갑자기 문을 열면서 들어오는 것이 아니라 내 마음에서 꽃처럼 피어나는 것이기에 목표를 향해 나아가는 일상생활에서 작고 실천 가능한 습관들이 하나둘씩 쌓여 만족과 기쁨을 느끼도록 '살기 좋은 나' 를 만드는 과정이라 생각한다.

행복을 느끼려면 완벽한 삶을 기다리며 살기보다 지금 이 순간의 작은 것에 만족하면서 순간의 기쁨을 느끼고, 즐기는 것이 행복한 삶인 줄 알면서도 사람들은 가질 줄만 알지 비울 줄 모르면서 너무 많은 것을 억지로 움켜잡으려고 욕심을 부리며 고통스러워하는 것 같다

행복하게 살고 싶으면 법정 스님의 말처럼 '가진 것이 많은 것보다, 자기가 가진 것을 내려놓고 누리는 마음을 기르기' 위해서 자신이 움켜쥔 재력이나 권력, 명성이나 출세에 대한 집착 등을 내려놓으면서 매일매일 즐겁게 살아가는 연습과 훈련을 통해 얻을 수 있다고 생각한다.

완벽함을 내려놓으면 마음에 여유가 생기고, 기대를 내려놓으면 고마움이 생기며 질투를 내려놓으면 나다움이 생겨 누구나 행복의 주인공이 될 수 있는데도 그 무거운 것들을 움켜잡으려고 욕심을 부리며 옭아매는 것

들을 버리지 못해 하루하루 불안과 초조로 즐거운 순간을 느끼지 못하면서 살아가고 있는 것 같다.

'행복을 상상하면 행복하다' 라는 말처럼 우리가 살아가는 동안 스스로 행복을 만들어 가려면 과거와 미래가 아닌 지금 현재의 삶에서 잘할 수 있는 일을 하면서 즐거움과 성취의 보람을 느끼는 것이야말로 행복한 삶이라 생각한다.

행복은 돈과 권력 그리고 명예도 좋지만 건강하게 두 발로 걸을 수 있고 두 귀로 들을 수 있고 입으로 말할 수 있는 것처럼 내 마음속에 늘 가까이 있기에 평범해 보이는 일상 속에서 행복의 의미를 발견해 스스로 만들어 나가는 것이 행복한 삶이라고 나는 확신한다.

나에게 행복한 삶이 무어냐고 물으면 거창한 계획이나 특별한 성공보다 매사를 긍정적으로 생각하며 타인과 어울려 좋아하는 것을 공유하면서 매일매일 웃고 즐기도록 노력하고, 이제까지는 채우기 위해 노력했던 삶에서 이제는 조금씩 덜어내면서 주위를 살펴보며 베풀고 나눌 수 있는 삶이 행복이라 생각하며 살아가려 한다.

안　옥　희

은비녀
부적합

문학사랑 회원
서정문학 시부문 신인상
서정문학작가회 회원
시집 : 『깊은 밤 외로운 달』
2014 제4회 서정문학 '대상' 수상

은비녀

폴폴 날리는 노랑머리에 입이 오물락한 할머니가 가마에서 내린 나의 등을 쓰다듬으시며 "무겁지 않은 복이나 많이 실고 오제,"하신다. 쌍꺼풀진 눈매가 신랑과 너무 닮아 어머니라는 걸 쉽게 알 수 있었다. 쉰하나, 요즘 같으면 한창인 나이에 치아가 하나도 성한 것이 없었다.

소맷자락과 앞치마에 그을음이 뚝뚝 떨어지고 억센 손 마디에 반창고가 감겨 있어 고단한 삶이 턱에 걸려 있음을 말해 주었다.

하지만 얼굴과 다르게 식사도 잘하시고 기운이 장사셨다. 쌀 두 말을 이고 삼 십 리 예천장에 큰 장독을 사서 이고 노을을 끌며 마른입으로 오셨다. 오직 자식들 잘해 먹이는 것만이 소임으로 여기고 입 짧은 아들 밥 먹이게 하기 위하여 쌀밥에 갯내음이 나는 반찬을 준비하셨다.

아침에 연기 나는 집이 몇 집 없을 때도 보리밥은 먹이지 않았다고 한다.

그때 보았던 쪽진머리는 마치 소나무에 솔방울이 매달려 있는 것 같았다. 앞머리는 수세미처럼 헝클어져 기름을 바르지 않으면 너무 초라해 보였다. 어머니와 나는 그렇게 부모와 자식이란 고리로 인연이 되었다.

아버님은 훤칠한 키에 적당한 몸집, 미남 중의 미남, 너무도 대조

적이었다. 그래서인지 성격도 너무 안 맞는 물과 불이었다.

사소한 일에도 잔소리가 심하셨고 불같이 화를 내시니 유감스럽게도 어머님은 아버님의 말씀을 하나도 인정하지 않았으며 어깃장을 놓으셨다. 그 시절 나는 전쟁을 치르는 듯한 시부모님의 일상을 가장 가슴 아프게 기억하고 있다.

아버님이 돌아가시고 손자들 뒷바라지 때문에 따로 사시다가 큰집이 상경하고는 왕년에 사셨던 두메산골에 독신생활을 선언하셨다.

어머님의 말씀은 곧 법이었고 바로 실천에 들어갔다. 그 후 줄곧 혼자 사셨는데 번번이 다쳐서 실려 오셨다.

해마다 입, 퇴원을 반복하면서 어머님의 노후는 외로움과 괴로움의 연속이었다. 할 수 없이 모셔 왔지만, 마음 둘 곳이 없으신지 한사코 혼자 살기를 원하신다. 벌써 아흔한 살, 불가능한 일을 고집하니 시숙님은 큰 집 주변에 방을 얻어 사시게 하셨다.

시숙님은 일찍 조카 하나를 낳고 상처하여 지금의 형님과 재취하셨다. 어머님과 형님은 전생에 무슨 원수였는지 지극히 앙숙이었다.

형님 입장으로 보면 처녀로 애 딸린 홀아비한테 시집온 것도 억울한데 시어머니의 미움을 사고 있으니 누구 효도하고 싶겠는가, 그러니 중간에서 나만 골탕먹는 처지다.

혼자 계시다 보니 친구도 없고 오직 마음속에는 자식밖에 없으신데, 가기만 하면 그 완고하던 고집은 어디 가고 정이 그리워 자주 오라고 하신다. 그리고 속마음을 나에게는 다 털어놓으신다. 평소에 좋아하는 막걸리와 갖가지 음식을 해 가지고 가면 거동도 못 하시면서 아주 달게 드신다.

지나온 사십 년을 돌이키면 섬뜩하리만큼 아픔을 주신 분이지만 마음 비운 지 오래되었다. 슬하에 오 남매를 두셔서 모두가 효도를 한다.

생활비와 음식 사다 드리는 것은 모두가 잘하지만 기저귀 채워드리고 의치 닦아드리고 밥 먹여드리고 집 청소 목욕 빨래하는 것은 아주 후하게 내 몫으로 남겨져 있었다. 차라리 모시는 게 더 편할 것 같은데 시숙님이 계시니 큰집의 채면도 세워 드려야 했다.

그 갈색 노랑머리가 모두 흰색으로 변하고 쌀에 미 섞이듯 회색빛이 몇 가닥 보인다. 거기에 밤톨만 한 쪽찐 머리가 매달려서 늦가을 까치밥처럼 처량해 보였다. 몸도 못 가누면서 자르자고 하면 완강히 거절하시기에 감히 누구도 엄두를 내지 못했다.

오늘도 예전부터 좋아하시던 배추 부침개와 주먹밥을 만들어 막걸리 한 병 사서 자전거를 신나게 타고 어머님 댁을 가는데 소낙비가 억수같이 퍼 붙는다. 비 맞은 생쥐같이 하고 갔었다. 어제 큰 시누이와 시동생이 다녀갔다면서 사과와 떡을 내놓고는 머리를 자르라고 하신다.

잘 때 바로 눕지도 못하고 팔이 뒤로 안 돌아가 빗기도 힘들다고 하신다.

미용실로 모시려니 걸음도 잘 못 걸으시니 택시를 불러야 하는 불편함이 있어서 방에 계시는 노인 잘못 자르면 어떠리 싶어서 가위를 들었다. 생각으로 계산하고 커트에 들어갔다. 보드랍고 가는 머리카락이 손이 가니 정전기가 일어 다 들고 일어났다. 분무기로 물을 품고 사각사각 자른다. 목숨처럼 지켜온 순정을 이제야 내려놓고 시대 따라가려는 마음이 측은지심을 불러일으킨다. 좀 더 일찍 누리고 살 수도 있었는데 대신 살 수 없는 심정에 안타까움만 더 한다.

순간 아버님의 얼굴이 환영으로 보였다. 스무 살의 총각과 열네 살의 소녀가 만나 부부가 되는 초례청을 상상했다. 열네 살, 요즘 같으면 중학교 일 학년 정도의 나이에 처녀 시절도 없이 아이에서 어른으로 건너뛰었다.

그렇게 쪽찐 머리는 아흔하나에 싹둑 잘라 다시 아이가 되었다. 드문드문 검은 머리가 군계일학으로 돋보이는 건 왜일까?

비녀를 기둥 삼아 온몸을 기댔던 머리카락이 중심을 잃고 마구 흔들린다. 발을 어디다 두어야 할지 모르는 머리카락을 보며 어머니 인생 속으로 내가 들어가 본다.

무려 칠십칠 년이란 쇠털같이 많은 춘궁기에 올망졸망한 자식들 배 곯리지 않기 위해 무쇠처럼 굴렸을 진액 빠진 저 몸, 지금껏 빛바래지 않은 검은 머리는 아마도 이슬 아침 오이 굵듯 자라는 자식을 바라보며 행복했던 시절의 표상일 것이다.

그렇게 한 여인의 분골쇄신粉骨碎身 닦아온 분신 같은 다섯 무더기 중 한 무더기 그 보물이 내게 당첨되었다. 누구나 장단점은 있으니 정 많은 반면 입맛 까다로운 남편은 성격도 식성도 어머니와 너무 닮아 있었다.

고집 세고 입맛이 별난 둘째는 밤중에 막무가내로 떡 해 달라면 해 주어야 하고 고기 먹자면 고기를 사줘야 하고 그러지 않으면 다음 날 절대로 일을 안 하고 친구들과 놀러 가서 감감무소식이란다. 그 비위 맞추려면 고생 꽤 할 것이지만 잘 먹여 놓으면 남들보다 두 배로 일을 잘한다고 하신다.

집은 사는 이의 하기나름이듯 가장 별난 이 사람도 내가 하기 나름이리라, 그 덕에 나는 많이 노력하는 사람이 되었고 지금껏 실과 바늘로 살고 있다. 임대주택 분양자처럼 나는 조금씩 조금씩 이자만 갚다가 사십 년이 지난 인제야 원금과 함께 더 많은 이자를 붙여서 갚아야 할 채무자이다.

칠십칠 년을 공중에 매달려 찌르고 빼고를 반복하던 때 묻은 은

비녀는 뭉툭하게 닳아서 어머니와 같이 볼품을 잃었다. 꽃 같은 새 색시 시절 반듯한 가르마에 동백기름 바르고 옥색 치마 휘날릴 때는 저 비녀도 아마 어머니와 함께 윤기 흐르는 규방의 보물이었으리라.

머리 손질을 끝내고 목욕시켜 드리는데 탱탱하던 몸은 쭈글쭈글 말라 곶감 같아 살갗이 접혀서 때를 밀 수가 없다. 내 이십구 년 후를 보는 듯 서글프기 그지없다. 세월 앞에 장사 없다고 했던가. 어떠한 경우에도 며느리 말에는 수긍을 안 하던 분이 저렇게 나약하고 가까이 범접도 못 하던 몸을 내게 맡기고 부끄러움을 모른다. 벽을 짚고 간신히 몸을 일으켜 변기에 앉으면 꼭 다시 일으켜 드려야 하는 그다지 귀엽지 않은 아이다. 마음마저 아이가 되어 같이 있다가 오려고 하면 눈물을 글썽이며 섭섭한 기색이 역력하다. 그럴 때면 젖먹이 떼어 놓는 심정이다.

다음 달부터는 노인복지정책이 잘 되어 장애 등급자는 요양보호를 받는다. 어머님은 장애 3급으로 월 십이만팔천 원만 내면 요양보호사가 주말을 제외하고 아침저녁 두 시간 총 네 시간 방문 요양하게 되었다. 그래서 제일 혜택받은 사람은 바로 나다. 드실 것만 해드리면 갖가지 일은 도우미가 하니 날아갈 것 같다. 개찰구를 빠져나가는 사람들처럼 어머니보다 나도 조금 뒤에 줄 섰을 뿐이다. 누구나 치러야 할 노년의 인생을 한 번쯤 짚어봐야 할 것이다.

서랍 속으로 몸을 숨긴 은비녀는 할 일을 잃고 노숙자처럼 긴 잠 늘어지게 잘 것이다. 어머니가 생존에 계신 그날까지.

부적합

원미산을 오른다. 앞에는 할머니 세 분이 천천히 가고 있다. 나도 할머니들 보폭에 맞추어 걸어간다.

산 중턱 약수터에 왔다. 장마철이라 천지가 축축한데 햇살이 나뭇가지 사이로 까꿍 까꿍 장난질한다.

세 살배기 오줌발처럼 가늘게 흐르는 약수, 옆에는 식수 부적합이라고 빨간 립스틱을 바른 글씨가 호기롭게 서 있다.

할머니들은 가방을 내리고 물을 받는다. 나는 할머니들이 글을 모르시나 싶어 할머니 식수 부적합이래요, 옆에 턱을 괴고 있던 도토리나무도 걱정이 되는지 덜 익은 도토리 하나 떨군다.

하지만 할머니는 계속 진행형이다. 다시 한번 목소리를 가다듬어 할머니 식수 부적합이래요, 그러자 눈을 험상궂게 치켜뜬 할머니.

"나도 알어, 요즘 세상에 적합이 워디 있단가. 전부가 부적합인디 물이라고 별수 있나 이 장마철에 흙탕물 아니면 먹는 거 수질검사를 언제 했는지 여름에 했으면 부적합이고 겨울에 했으면 적합이지 여름에야 비가 와서 이물질이 들어가니 부적합이고 겨울에는 얼었으니 적합인게지. 인생 한두 해 사나 옛날에야 비가 와서 뿌연 물도 먹었고 아이들이 똥을 누면 개를 먹였고 그 자리 쓱 닦고 살아도 아무 탈 없었지,

복날엔 똥 먹던 개를 잡아서 온 동네가 먹어도 맛만 좋았어, 생

수는 안전한 줄 알어? 무슨 물을 퍼 오는지 본 사람 있어?

우리 영감 보니 좋은 것만 먹고 좋은 잠자고 좋은 옷만 입어도 일찍 가더구먼."

좋은 잠! 도대체 좋은 잠이란 무엇인가?

할머니 좋은 잠이란 어떤 거예요?

"한 이불 덮고 자는 사람을 자주 바꾸는 거지"

호두같이 앙다문 할머니 입에서 생각지도 못한 이야기가 봇물 터지듯 쏟아졌다.

할아버지께서 여자를 여럿 두었다는 말씀이세요?

"이제야 알아 듣는구만"

할머니 속상해서 어떻게 사셨어요?

"안 죽으니 산 것이지"

쫓아가서 작은 이의 머리채라도 잡고 흔들어 보시지요?

"그랬다가는 그놈의 영감탱이 날 잡아 먹을 건데"

잠자던 분노가 스프링처럼 일어난다.

나는 취재하듯 질문하지 않을 수가 없었다.

여자를 몇 명이나 두셨어요?

"나 말고도 네 명이나 된다네. 제일 마지막 여자는 우리 딸 보다 두 살 더 많아. 첩이 첩 꼴을 못 본다고 지들끼리 머리끄댕이 잡고 난리를 치더군 참 기가 막혀"

그럼 할머니는 자녀를 몇 명이나 두셨어요?

"맨날 첩한테 있다가 가끔 와서 애만 맨들고 갔었지, 그런 자식이 네 명이여"

할아버지가 잘 나갔던 모양이지요?

"직조 공장을 했는데, 가는 데가 내 집이여, 팔자에 열두 방에 갓을 건다는 사람이여.

주막이고 기방이고 이쁜 여자는 다 영감님 여자로 맨들었어.

그러니 시집살이에 찌든 내가 눈에 들어올 리 있갔어,

그래도 서방이라고 오기만 하면 있는 것 없는 것 정성껏 차려냈고 더 묵어가라고 붙잡았어, 이목구비 뚜렷하고 풍채 좋아 어느 여자라도 보면 탐나는 남자였어.

기다림에 지쳐갈 때 넓고 푸근한 무릎에 안겨 방방하게 물오른 가슴에 손 들어올 때면 활화산 같이 타오르던 분도 봄 눈 녹듯 풀어졌지. 모처럼 꾸민 합방, 초야처럼 설렛지. 황홀한 부부 관계를 얼마나 갈망했는데 하룻밤 자고 나면 꿈에 본 듯 멀어진 영감님 독수공방 흘린 눈물이 얼마였던가?

철이라면 녹아 없어졌갔지, 고무라면 삭아서 다 끊어졌갔지

모진 것이 인간이라 그래도 내가 더 오래 사니 무슨 조화인지 몰라 말년엔 나한테 와서 한 삼 년 살다가 죽었지, 마지막 숨 넘어갈 땐 내 손을 꼭 잡고 미안하다 하더군"

"댐 수문을 열듯 쏟아지는 눈물을 감당할 수가 있어야지. 그렇게 갈 거면서 여인들 치마폭에 나비 되어 꽃가루 나르며 다녔던가요.

화무십일홍이라 연못의 금붕어는 사시사철이지요, 당신의 호수에서 금붕어 되어 살기를 고대했는데.

당신 가고 나니 기둥뿌리 뽑아 바친 첩년들 얼씬도 하지 않는 거 보셨지요?

몸부림쳐도 어쩔 수 없는 일, 죽고 나니 다 소용 없더구만 새끼들만 와서 일을 치뤘지."

할머니는 입에 게거품을 물고 내가 할아버지인 양 응석을 부리듯, 속 마음을 탈탈 털어 내 앞에 쏟아 놓았다.

자식들이 모두 몇 명이예요?

"우리 아이들 네 명에 첩의 자식 일곱 명, 모두 열 한 명이지. 그

래도 무슨 정이 남았는지 비지 같은 몸이라도 와주니 반갑고 꼬마웠지. 미안타는 그 말에 수십 년 묵은 체증이 좀 내려가더군”

작은 집에 보내지 그랬어요,

“한 년도 맡을 년이 없어, 아니 맡으라는 말도 해보지 않았어. 한때는 영감만 얼씬거리면 산천초목도 떨었었지.

담배를 사오라길레 주인이 없어 좀 늦게 왔더니 담뱃집 주인 놈하고 무슨 짓 했느냐고 몽둥이 뜸질을 하곤 했지.

내 팔자에 영감은 너무 과분한 사람이여, 별 볼 일 없는 내가 너무 큰 그릇을 차지해서 채워주질 못했지.

그래서 자기 수준에 맞는 사람 찾느라 그랬던 거지.

첩들과 분활을 한다면 내게는 아마 손가락 하나 정도 돌아 올란지 몰라.”

할머니는 혼자 이해하고 사랑하고 사는 데 익숙해 이미 도사가 되어 있었다.

“아니예요 할머니, 그래도 할머니가 제일 많이 가진 분이세요. 연지곤지 찍고서 청실홍실에 암탉 장닭 마주 보며 혼례 치른 분이시지요.

말년에 임종을 지켜드린 최초의 연인이자 최후의 여인이예요.

따져보면 봉사하고 양보하면서 다 가진 분이세요.”

“듣고 보니 그러네”.

나는 더 이상 할머니들의 물 받는 일을 말릴 수가 없었다.

굽은 등 위로 할머니 인생이 주마등처럼 지나간다.

요염했을 몸 구겨 담으면 한 소쿠리도 안 될 부피, 못 먹을 물을 먹는다 해도 말릴 사람 없으니 너무 가여웠다.

신혼의 따끈따끈한 사랑을 맛나게 취해보지 못하고 얼마나 많은 세월을 죽였을까.

못 다한 사랑의 잔해가 좌초되어 안타까움만 더 한다.

할머니의 이 심정을 아름다운 편지지에 예쁘게 꾸며서 화상 채팅으로 저승에 계신 할아버지께 전송하고 싶다.

아늘아늘 그물 같은 그늘을 헤치고 가득 채운 물이 쫄랑쫄랑 병을 때리며 산을 내려가고 있다. 부적합일 망정.

유 임 순

일본은 일본이었다
한 여름날의 국문학 기행

2022 세종시 중등 교장으로 정년
2022 서정문학 시 부문 신인상, 2023 수필 부문 신인상으로 등단
2023 문학시선 윤동주 탄생 제106주년 기념 공모전 우수상
2023 문학시선 제4회 타고르 문학상 최우수상
현재 서정문학작가회, 고마문학회, 세종마루시낭독회 회원

일본은 일본이었다

제1일 아, 북해도

가깝고도 먼 나라 일본, 일찍이 본능적으로 지구상에서 가장 비호감으로 각인된 일본 해외연수, 태양의 제국을 꿈꾸며 역사를 횡행했던 나라이기에 설렘보다 호기심이 앞서는 '설국雪國'의 땅 북해도北海島는 연수 여정 중 가장 끌리는 곳이었다. 광활한 북쪽섬 홋가이도 제1의 도시, 동계올림픽으로도 유명한 인구 180만의 삿포로는 생각보다 넓었으나, 세계 제1의 경제대국 일본의 첫인상은 부국의 번화함과는 거리가 멀었다. 평소 화和를 중시하는 국민성 때문이라는, 단조로운 집들로 가득한 회색빛 도시는 마치 북한 풍경인 듯 무표정했다.

한편 일본 근대 운하와 영화 '러브레터'의 촬영지로 유명한 오타루는 근대 일본의 이국적인 풍광을 간직한 조용한 소도시였다. 어찌나 맑은지 '천국의 소리'라 불리는 오로골 전시장을 별천지인 양 둘러본 첫 저녁, 결코 낯설지 않은 일본 음식을 먹으며 연수단은 금세 동지가 되었다.

제2일 하늘 연못 토야 호수

일본의 힘은 과연 무엇일까? 나의 관심사는 바로 이것이었다.

비록 5박6일 간 일본 열도 종단의 짧은 일정이지만, 눈길 닿는 곳마다 찾아내고 싶은 것은 일본다움이란 무엇이며, 우리와 동시대를 살아가는 일본 문화의 정체성과 야누스 같은 일본의 숨겨진 힘과 특질을 꿰뚫어 보고픈 마음이었다.

깊이 잠들고 난 아침, 밤새 선물처럼 새하얀 눈이 소복이 쌓인 설국의 아침은 꿈결처럼 아름다웠다. 새하얀 눈 속에 뜨거운 김을 뿜고 있는 활화산 '소화신산' 기슭 눈밭을 거닐고, 곰목장을 지나 백두산 천지를 연상케 하는 거대한 칼데라 호수 토야호湖를 보는 순간 탄성이 절로 나왔다. 그 청청하고 신성한 호수는 화산섬 일본의 지형적 특색을 단숨에 펼쳐 보였다.

그리고 호숫가 정통 일본식 다다미방 호텔에서 일본 문화 체험의 하나로 태어나서 처음으로 유카다를 입고 온천욕을 즐기는 기분은 자못 이국적이었다. 일본북 공연과 함께 한 저녁 뷔페도 인상적이었고, 천재적인 룸메이트는 세헤라자드 같은 마술적인 화법으로 잠을 잊게 했다.

제3일 동경東京 속으로

일본의 냄새는 동경에 있을 것이었다.

치토세를 떠나 하네다공항까지는 약 1시간 반. 인구 1,300만의 동경은 얼핏 서울과 흡사했다. 그러나 빌딩 숲 사이 당당하게 자리한 가부키 극장, 생선초밥과 우동류가 넘치는 식탁, 한겨울이라도 온화한 해양성 기후라서 농백꽃이 핀 녹색 생울타리 아래 팬지꽃이 피어있는 거리, 줄기마다 짧게 잘라 마치 옷걸이처럼 생경한 가로수들과 함께 무엇보다 일본적인 것은 바로 그들의 가장 중요한 정신문화의 구심점인 신사神社였다.

검푸른 수목으로 울창하게 둘러싸인 그 고풍스럽고 거무스름한 건물은 일제강점기 우리 민족에게 신사참배를 강요하던 쓰라린 역사를 떠올리게 하여 착잡했으나, 마침 신사 안에서 거행되고 있는 한 일본 전통결혼식은 의외로 기품이 있었다. 우연한 문화 체험, 어디에서나 삶은 신성하고도 끈질긴 것이었다.

밤에는 도쿄 타워 버금간다는 도청 전망대에 올라 동경의 화려한 야경을 감상하고, 긴자의 번화가 젊은이들의 활기 가득한 게임천국, 음식천국의 거리를 누비며 일본의 현재와 미래를 가늠해 보았다.

제4일 황거와 오다이부

동경의 매력은 무엇일까?

동경의 실체를 볼 수 있는 동경 투어의 날, 일본인 최고의 정신적 구심점인 천황이 살고 있는 황거로 향했다. 마치 경복궁처럼 도심 한복판에 자리잡은 황거는 일본 특유의 소나무 조경이 매우 아름다운 고궁이었다. 잔잔히 물결 짓는 해자를 두르고 일본식 날렵한 선을 뽐내며 저만치 격리된 고건축 황궁은 일본인들의 애국혼과 숭모의식의 상징일 것이었다. 그런데 일찍이 외교관으로 촉망받던 황태자비 마사코는 우울증에 걸렸다고 했다. 황태자비라는 것이 행복의 충분조건이 아닌 것이다. 범부의 삶과 다른 족쇄 때문이리라.

영국의 다이애너비도 불행한 것처럼 때로는 평범함이 오히려 위대한 축복인 걸까.

동경의 동쪽 오다이부의 레인보우 다리를 건너며 '아, 동경의 매력이 이것이구나!' 했다.

세계 최고의 기술력이 실감 나는 도요타 자동차 전시장을 견학하고는 태어나서 처음으로 최고급 자동차의 마력을 체험했다. 평소 차는 그저 값비싼 신발이라 칭하며 차 치레하는 호사가들의 과시를 우습게 여기던 나였는데, 한 대당 1억 이상을 호가하는 날렵하고 단단한 디자인의 렉서스의 문을 여닫는 순간 손맛의 강렬함과

착석한 다음의 고급스럽고 우아한 기분은 신분상승의 착각과 쾌감마저 불러일으켰다. 아, 세속적인 탐닉에는 다 이유가 있구나, 다만 허영을 경계할지어다.

한편, 동경아이(Eye)인 듯한 대관람차 속 한눈에 들어오는 동경의 전망은 색달랐다. 한쪽으로는 태평양 망망대해가 펼쳐지고 다른 한편으로는 수도다운 고층빌딩 전경이 이채로워 마치 뉴욕과도 같은 이색적인 해안도시 위용을 뽐내고 있었다. 섬나라 특유의 민족성을 짐작해 본다.

오후에는 오이타공항으로 날아가 뱃부에 도착, 유황이 스멀스멀 피어오르는 유노하나(유황꽃) 재배지를 돌아보며 생각보다 소박한 온천도시의 첫인상에 놀랐다. 저녁에는 온천욕을 하며 피로를 풀었는데, 4성급 호텔인데도 시설이 평소 즐겨 다니는 유성 온천장만 못하여 아쉬웠다.

제5일 뱃부의 지옥온천

뱃부는 큐슈섬의 남단에 자리한 조용한 고장이었다. 이른 아침에 방문한 일본 민속마을 유후인은 쌀쌀한 겨울 아침 공기 속에 신선하고 산뜻한 정감이 가득하였다. 금빛 햇살에 빛나는 호수는 흡사 스위스의 마을을 연상케 하는 아름다움으로 관광객을 사로잡고 있었다. 큐슈섬의 부드러운 구릉성 산지와 남녘 빛은 설국인 북해도와는 달리 이른 봄기운에 아늑하고, 울 안마다 주먹만한 오렌지가 매달린 풍경은 쏘렌토에서 보던 남국의 정취를 떠오르게 했다.

뱃부의 지옥온천, 유황의 기운이 가득한 온천물에 족욕과 함께 구운 계란을 먹으며 지옥불처럼 타올랐을 화산이 남긴 아름다운 유산을 마음껏 즐기는 현대인의 지복至福을 생각했다.

분임별 회합과 친교의 자유시간, 석식 후 후쿠오카의 밤거리를 오래도록 누비며 우리의 자랑스러운 민족시인 윤동주가 '별'을 헤던 그 역사적인 공간이 바로 이곳임에 진한 안타까움으로 밤하늘의 별을 헤어도 보았다. 아, 그곳 형무소를 가보아야 하지 않았을까. 들리는 말에 의하면 형무소는 이미 사라졌다고 했다. 밤 깊도록 12명의 사도처럼 한 방에 모여 벌인 폭소 토크쇼 또한 영원히 기억되리라.

제6일 후쿠오카동쪽 소학교

마침내 마지막날, 후쿠오카 동쪽 하코자키소학교엘 갔다.

생각과는 달리 학교는 건물과 시설 모두 평범하다 못해 보잘 것이 없었다. 쪽마루로 된 복도며 교실의 손바닥만한 모니터며, 우리나라는 이미 57인치 모니터로 ICT수업이 강조되던 것과 비교하면 흡사 후진국 교실의 모습이었다. 하지만 무엇보다 뜻하지 않은 감동은 우리 일행이 처음 1학년 1반 교실을 지날 때, 그 작은 아이들이 일제히 우리 한국말로 "안녕하세요!"라고 외친 순간 밀려왔다. 한국말의 울림과 그 천진한 목소리는 순간 가슴을 메이게 했다. 처음으로 일본인도 우리와 같은 인간일 뿐이라는 생각이 솟구쳤다. 아 아이들! 지구는, 그리고 인류는 하나라는 생각에 느꺼웠다.

다음 순간 놀라운 것은 하나 같이 그 어린아이들이 의자에 등을 딱 붙이고 꼿꼿이 앉아, 책상 위에 거의 직각으로 일본어 교본을 똑바로 세우고, 다같이 쟁쟁한 소리로 낭독하며, 읽기와 쓰기 교육을 철저히 받고 있는 장면이었다. 이것이 일본이구나 싶었다.

학교 현황과 교육활동 프리젠테이션, 우리는 경청과 질문을 통해 한국과 일본 양국의 교육을 비교하는 진지한 소통의 시간을 가졌다. 학교교육계획서가 몇 장의 종이에 불과하고, 학교 교육에서 형식 대신 실질적인 내용을 추구하는 일본 교육 문화가 경이로웠다. 가장 마음에 남는 메시지는 그곳 한국교육개발원장님의 말씀이었다.

"일본은 외적인 하드웨어에 치중하지 않고, 여전이 100년 전과 다름없는 교육의 본질에 충실합니다. 그리고 이들은 우리처럼 영어 교육에 흔들리지 않아요. 이들은 일본이 세계 제1의 국가라는 자부심으로 자국어 교육을 더욱 강화하고 있습니다……."

마지막 여정, 후쿠오카의 다이자후궁宮, 이른 봄의 온기를 머금은 촉촉한 빗방울 속에 꽃망울이 맺힌 매화가 싱그러웠다. 학문의 신을 모신 궁宮, '교육과 배움의 큰길'을 빌어보았다.

귀로歸路, 나는 일본을 보았는가 묻고 있었다.

또 나를, 어제의 거울에 오늘의 나를 끊임없이 비추어 보고 있었다.

(2007 전의중 재직 시절 글)

한 여름날의 국문학 기행
─안산·강화 일원 전통 문학 답사를 다녀와서

나 언제나 그곳에 서고 싶었다. 그곳에 서서 환하게 웃음 짓고 싶었다.

이 땅 문학의 발자취를 따라서 거침없이 활보하는 그 특별한 대열 속에 언제나 동행하고 싶었다. 해마다 잊어버릴 만하면 한 번씩 날아드는 '충남중등국어교육' 책자 속 '국문학 기행'이라는 커다란 글씨의 현수막 뒤에서 환하게 웃고 있는 몇몇 낯익은 얼굴들에 선망의 눈길이 머물 때면, 나는 왜 객석에서만 살고 있는가를 꼭 한 번씩 회의했고, 생활의 사슬에 묶인 현실에 대한 현기증 나는 반란의 자장이 머릿속을 한 번씩 휘돌아 나가는 것이었다.

마침내 육아와 가사에서 어느 정도 해방된 지난해에서야 비로소 처음으로 동경해 마지않던 국문학 기행 한복판에 서서 행복한 나그네가 되어 보았다. 이번에는 훨씬 덜 설레지만, 한결 여유롭고 기꺼운 마음이었다. 단순한 친목 여행과는 확연히 차별화된 수준 높은 국문학 세미나를 겸한 진정 유의미한 탐사임을 이미 체득한 터라 어느새 노련한 대원이 되어 버린 탓이리라.

지난 이맘때의 국문학기행 여정은 위대한 실학자 다산의 향취 가득한 두물머리 다산기념관을 시작으로 광릉수목원과 포천의 산정 호수, 고석정과 철의 삼각지, 월정리역, 제2땅굴 등 분단문학의 가슴 시린 여로였었다. 돌아와서도 며칠이고 가슴 속으로 매월 폭포가 쏴아쏴아 쏟아져 내리던 유정한 환각으로 남은 여행. 처음 들어가 본 대남침투용 섬뜩한 인공 지하석굴 미로와 월정리역에 멈춰선 녹슨 철마가 처연한 역사의 아픔을 웅변하고 있던 그곳.

올해의 여정 그 빛깔은 어떤 것일까.

'강화도'를 중심으로 한 답사이니만큼 분명 색다른 역사와 문학과의 만남이 되리라. 무엇보다 국문학 기행 주최 측 노고에 대한 감사의 마음이 앞섰다. 월드컵경기장 남문주차장에서 출발하여 공주와 천안을 거쳐 반가운 얼굴들이 합류한 후, 회장님의 꼼꼼한 인사 말씀과 사무국장의 치밀한 여정 안내는 고마움으로 가슴에 잘 담겨졌다.

첫 여정은 경부고속도로에서 수원 쪽으로 방향을 틀어 서해 쪽으로 한참을 달려나간 곳 신흥공단도시 안산시(구 반월시). 대체 이런 곳에서 무슨 국문학 자취를 만날 수 있을까 하는 선입견과는 달리 안산은 바로 '상록수'의 실존모델 여성 농촌계몽 운동가 최용신 선생의 활동무대였던 샘골이 있는 지역으로 그녀의 무덤이 샘골학당과 함께 보존되어있는 역사의 현장이었다.

먼저 들른 성호 이익의 기념관. 조각공원과 김홍도 공원과 함께 조성된 성호기념관은 그 디자인과 규모와 색감이 세련된 3층 현대식 건물로 해설사의 안내로 유심히 둘러볼 수 있었다.

실학자 성호 이익, 국사 교과서의 한 줄 지식으로 기억하는 이름. 오늘에서야 그의 진면목을 만나다니 황송하다. 특히 다산 정약용과 안정복 등이 그의 수제자였다니 학문의 경지가 짐작이 간다. 단아하게 꾸며진 기념관 내부의 진열장마다 살아서 말을 건네는 그의 생애와 사상과 시대를 앞서간 애민의식의 실학자 면모 앞에서 잠시 조선의 문화를 상상해 본다.

이렇다 할 여론이 형성될 수도, 힘을 발휘할 수도 없던 전제군주

시절, 그 와중에도 그들은 학림과 학맥을 이루어 대의를 추구하고 현실을 비판하며, 국가의 운명을 염려하여 임금께 상소하고 새로운 학풍을 통하여 백성의 삶을 도모했던 것이다. 새삼 한 대학자가 남긴 발자취 속에서 우리 문화유산에 대한 관심과 실학의 숭고함을 느끼는 시간을 가졌다.

이어 우리는 마치 상록수의 주인공 채영신의 넋과 만나기라도 한 듯 아파트 단지 옆에 가까스로 보존된 그녀의 작은 무덤을 찾아 한참을 서성였다. 말 없는 자와의 말 없는 대화. 동산 저편엔 낡은 교회당과 그 옆의 종루가 오래전 이야기를 머금고 세월 속에 풍화하고 있었다. 낡은 흑백사진 속 기와로 된 옛 샘골학당을 음미하며, 지금은 콘크리트 건물로 재건된 네모난 창고 같은 무미건조한 학당 건물을 멋없이 바라보았다. 마당 한켠엔 정교하지 않은 빗돌에 쓰인 큰 궁서의 "배워야 산다. 아는 것이 힘이다."란 글귀가 어두운 시대의 호롱불처럼 걸려 가슴을 뭉클하게 한다. 언젠가 수업 시간 틈을 내어 '영화 상록수'를 보여준 적이 있는데, 그 야외교실 나무 그늘에 앉아 글을 익히던 코 묻은 아이들의 챙챙한 외침이 들려오는 듯했다.

채영신은 살아있었구나, 아니 박동혁도 살아있었다! 박동혁은 심훈의 조카 심재영과 당시 대학생으로 농촌계몽에 적극적이던 류달영 박사, 그녀의 약혼자인 동경 유학생 김학준 등의 합성이라고 했다. 일제강점기 우리 역사의 자랑스러운 숨결로 살다가 오늘도 이 땅을 푸르게 하는 수많은 상록수로 후손들의 가슴마다 살아있는 그들이 바로 인간 상록수다.

작가인 심훈 선생까지 모두 고귀한 청춘을 조국에 바친 이들. 그들을 진정 영원히 살아있게 하는 것은 역사이기보다는 문학이다. 문학의 힘이 아니었다면 그들의 이름은 애국지사의 목록을 더하는 것으로 그쳤을 것이다. 일찍이 대학생 때 '상록수'를 한달음에 다시 읽고 펑펑 눈물을 흘렸던 기억이 생생하다. 채영신의 죽음이 얼마나 크게 다가왔던가. 그런데 그것이 결코 허구가 아니었음을 새삼 짜릿하게 확인하는 역사의 장소였기에 그곳은 참으로 느꺼웠다.

우리는 강인한 민족이었다. 아름다운 민족이었다. 그렇게 믿고 싶다.

한편 안산시의 상록문학회 회장이자 샘골교회의 목회를 맡고 계신 최기선 목사님을 현지 가이드로 모신 덕분에 좀더 현장감 넘치는 문학 탐방이 이루어진 점도 흡족한 대목이다. 그분의 참신앙인다운 부드러운 인상과 말씨가 선명히 떠오른다. 신앙과 문학의 접목에서 나오는 겸손함과 풍부함, 그리고 인자함이 그대로 하나의 배움이 된다.

뙤약볕 속 잔디풀 아래 고이 잠든 젊은 애국 처녀이자 민족 투사 최용신님의 고운 혼을 흠모하며 발길을 돌리려는데, 바로 옆에 또 하나의 무덤이 눈에 띈다. 김학준의 묘. 그는 최용신의 10년간의 약혼자로 그녀의 사후 다른 이와 결혼을 했지만, 가족들의 양해를 얻어 이곳에 최용신과 나란히 묻혔다고 한다. 그녀의 고혼孤魂이야 위로가 되었겠지만, 그 가족들의 결정은 좀 의아하기도 하다. 죽은 이와의 인연보다야 산 사들의 인연이 더 중요한 것이 아닐까.

강화로 가는 길, 긴 시간을 이용하여 점심식사 후의 포만감을 만끽하며 지난해와는 차원이 다른 자기소개가 진행된다. 유창한 말솜씨와 사회로 단박에 우리를 사로잡은 조직부장님 덕분인데 주문이 색달랐다. 자기소개를 좀 길게 하되, 형식적으로 학술적으로 하지 말고, 좀 개성적으로 재미있게 자유분방하게 해달라는 것이었다. 그분의 빼어난 재치와 익살 만점의 명진행으로 모두 조금은 수

줍은 내면을 박차고 나와야 했고, 막상 무대에 선 이들은 하나같이 재담가이자 탁월한 유머 감각을 발휘하여 좌중을 무한히 즐겁게 했다.

단지 그대가 국어 교사라는 이유만으로 연구사, 장학사, 교장, 교감, 평교사 할 것 없이 하나로 어우러지는 가히 '인간무대'였으니, 이렇게 멋진 만남을 또 어디서 찾아볼 수 있을 것인가.

여럿의 빼어난 재담 가운데 우리 국문학 기행팀 최고의 코미디 황제 류교장샘 그 순발력 있는 입담과 절묘한 표현력은 정말 존경스럽다. 특히 해마다 가요대전의 심사위원장으로 활약하며 순식간에 모두를 열광의 도가니로 몰아넣으시는 독보적인 화술의 보유자로 올해도 유감없이 그 예리한 심사평으로 좌중을 폭소케 하신 분이다.

드디어 강화도에 도착. 강화도는 마니산, 단군 제단 참성단, 몽고 침입과 항전, 강화도조약, 화문석 등이 떠오르는 역사의 섬이다.

이번에는 강화고등학교 교감 선생님이 역사 가이드로 오셔서 살아있는 역사스페셜이 생중계된다. 키가 미루나무처럼 크고 마른 체구의 박식한 가이드는 바로 발밑으로 강화해협 염하가 흐르는 덕진돈대 언덕의 작은 빗돌에 강화섬 지도 하나를 턱 걸쳐놓고는 우리를 단번에 1866년으로 밀어 넣는다. 강폭 정도 너비의 이 강화해협은 예로부터 군사적, 경제적 수로로써 삼국시대, 고려, 조선, 현대에 이르기까지 우리 역사의 축소판과도 같은 사연을 지니고 있었다.

무엇보다 강화도의 운명은 한강과 임진강, 그리고 예성강 이 세 강이 합쳐지는 지정학적인 위치에서 비롯된다고 했다. 지형상 이 좁고 긴 물길인 강화해협을 통과하지 않고는 내륙으로 진입할 수 없으니 어쩔 수 없이 섬 전체가 나라의 울타리 되어 천연요새로 무장

할 수 밖에 없었고, 그 결과 5진(대대) 7포대(중대) 53돈대(*주변보다 높고 평평한 진지 지대)를 거느린 국방의 섬이 되었다고 한다. 그것은 멀리 염하 너머로 보이는 북녘땅 개풍군을 사이에 둔 지금도 사라지지 않고 지속되고 있는 긴장이리라.

1866년을 기억하라! 선생님은 잔잔하지만 열정과 신념이 있는 말투로 그 해의 두 외국배 침입 사건인 병인양요(프랑스함대)와 제너럴 셔어먼호(미국군함) 사건을 설명하셨다. 그로부터 5년 후인 1871년 역시 미국함대가 침략한 신미양요에 이르는 역사의 이면에 숨겨진 서글픈 실체를 엿보며 일순 숙연해졌고, 예나 지금이나 강대국이 약소국을 지배하고 이용하는 제국주의적 원리는 변함이 없음을 진지하게 통찰했다. 과거를 통하여 미래를 아는 것이 역사라지만, 과연 오늘의 우리는 과거의 잘못을 되풀이하지 않을 자신이 있는가, 준비가 되어 있는가.

우물 안 개구리의 좁은 시야로 대원군이 행한 몰지각할 정도의 쇄국정책이 남긴 휘청거리는 역사의 수레바퀴 아래 그 진흙창에서 진정 신음하고 희생당한 것은 만백성이었음을 헤아려 본다. 어찌 강력한 군사력으로 무장한 열강의 도전에 대응하여 고작 경고비와 척화비를 전국 각지에 세우는 옹고집으로 일관했단 말인가.

맨처음 1866년 병인양요 때 외국선인 프랑스 함대의 침입과 양헌수 장군의 활약, 그러나 진정 그것이 주체적인 승리이기만 했는가 하는 의문, 이어지던 미국함대의 비웃음과 그 후 아시아의 패권을 노린 일본 군대의 교활한 전략인 1875년 운양호 사건을 빌미로, 다음 해 강화도조약(병자수호조약)이라는 불평등 조약을 맺고 강제 개항에 이르기까지 일본에 함부로 농락당하기 시작하는 우리의 허술한 근대사, 그 역사의 길목에 바로 강화섬이 존재하는 것이었다.

조선 반도의 관문이자 수문장으로 역사의 총알받이로 온몸으로 그 희생양이 되어야 했던 숙명의 땅 강화도. 일찍이 고려시대 몽고 제국의 침입 시엔 이곳으로 39년간 수도까지 옮겨야 했던 비운의 역사를 간직한 곳, 당시 삼별초의 항쟁이 시작된 곳, 조선시대 정묘호란, 병자호란 때 인조의 피난 수도였던 곳, 그 후 외세 열강의 각축장의 현관이 된 곳... .

강화도를 순례하는 일은 우리를 무거운 역사의 장으로 끌어들여 시련과도 같은 8월의 땡볕 더위와 어우러져 뇌리를 강하게 울리고 있었다.

광성돈대를 돌아 강화 읍내 어느 시장 골목 안의 철종의 잠저(潛邸 *임금이 아직 왕위에 오르기 전에 살던 집)라는 '용흥궁' 엘 갔다. 원래는 고개를 숙여야 들어갈 정도의 허름한 초가였던 집터에 훗날 왕의 체면에 걸맞게 지어 이름했다는 아담한 궁의 뒷마당 뜨락에 주저앉아 전설 같은 강화도령 얘기에 귀 기울인다.

조선 25대왕 철종, 33세로 단명한 강화도령 이원범. 19세에 돌연 농사꾼에서 왕이 된 이야기를 들으며 불운한 그로부터 고종으로 이어지며 급속히 기울어간 조선의 황혼을 생각했다.

그는 사도세자의 증손자이자 정조의 아우인 은언군의 손자로, 당시 영조의 혈손은 헌종과 원범 두 사람뿐이었다고. 은언군 일가는 천주교를 믿은 탓에 신유사옥 때 300여 명의 신도들이 처형당할 때 왕족인 관계로 처형 대신 사약을 받았으며, 이때 조부모가 다 죽고 그 후손들은 또 다른 옥사로 이곳으로 유배된다.

헌종이 후사가 없이 죽자, 순원왕후는 곧바로 강화도의 이원범을 불러올리는데, 일개 초동에서 왕으로의 등극이라면 이 얼마나 영광스러운 일일까마는 사정은 그렇지가 않다. 당시 가문의 옥사로 강화로 유배되어 살다 보니 자연히 학문과는 거리가 먼 그에게 갑작스러운 환경의 변화와 실제 왕권은 안동 김씨인 대왕대비가 수렴

청정으로 쥐고 있는 현실 속에서 안동 김씨 가문 딸과의 정략적인 혼인과 한창 나이에 무력감이 불러온 호색好色 등은 명을 재촉하는 불행이었을 뿐이니, 극심한 세도정치의 소용돌이 속 정치적 문란과 왕가의 비극이 처절하다. 그는 8명의 왕비에게서 14명의 자손을 두었지만, 모두 일찍 죽고 말아 후손이 끊기고 만다. 그리고 운현궁의 봄, 대원군의 시대가 시작되는 것이다.

어쩌면 그냥 나무하고 풀 베며 사랑하던 이웃의 처녀랑 살았으면 행복했을 것을, 준비되지 않은 왕이 되어 꼭두각시처럼 살아야 했던 강화도령의 극적인 일생이 마치 조선왕조 몰락의 예고편인 양 안타까웠다.

한편 용흥궁 뒷산 위에는 우리나라 최초의 성공회 강화성당이 있다, 배 모양의 성당 건축은 당시 해군 군목 출신이었던 초대 주교 고요한 신부와 관련이 있단다. 한옥 기와지붕 위에 세운 십자가는 생경한 인상을 주었으나 성당 내부가 넓고 엄숙한 것이 놀랍고 앞뜰의 아름드리 보리수가 이국적인 정감을 던져주기도 한다.

다음으로 돌아본 곳은 고려 왕궁지. 몽고 침입 때 1232년 이곳으로 천도하여 1270년 39년 간의 항전 끝에 끝내 굴복하고 환도한 곳. 규모는 작으나 송도 궁궐과 비슷하게 지어 정궁, 행궁, 이궁 등 명실공히 왕궁을 이루었던 곳. 그러나 환도 때 몽고의 요구로 모두 허물어야 했기에 지금은 조선시대 행궁과 외규장각 및 강화 동헌 건물 등만이 산성 속에 일부 쓸쓸히 남았을 뿐 그 자취는 묘연하다.

강화산성 북문쪽 성벽을 따라올라 멀리 북녘땅 해안 마을을 바라보았다. 그것이 '위장평화마을'이라는 말에 유심히 살펴보니 정말 무대 셋트 같은 느낌을 주는 무감각한 집들... 6.15 방북 전까지만 해도 한밤중이면 대남 방송이 와랑와랑 울렸다는 이곳 국토의 보루 강화에서 만난 아직도 끝나지 않은 역사의 아픔이 아닐 수 없다.

이번에는 세계문화유산으로 등록되어있는 강화고인돌을 보러 간다. 한적한 야외의 잔디밭에 국사책에서 즐겨 본 거대한 고인돌이 서 있다. 이는 청동기 시대의 북방식 고인돌로 이곳이 남방한계선을 이룬다고 한다. 대학원에서 '하늘에 새긴 우리 역사' 라는 책을 공부한 적이 있는데, 그 책에 의하면 우리나라는 고인돌의 제국으로 전 세계 고인돌의 절반 이상이 우리나라에 있다고 한다. 이곳 강화에만도 123기가 있으며, 전국적으로는 수만 개라는 것. 단지 청동기 족장의 무덤이라는 차원을 넘어서서 생명과 죽음에 대한 옛 사람들의 관념과 의식을 볼 수 있는 고인돌이기에 그 문화사적 가치가 인정되어 세계문화유산이 되었으니 뜻깊다.

마침내 하루 답사 일정을 마치고 강화 별미인 젓갈백반의 저녁식사 후, 제2부 오늘의 하이라이트 국문학 세미나가 이어진다. '국문학 기행' 이란 타이틀이 완벽한 빛을 발하는 학술적 시간. 작년에는 임꺽정과 정다산의 삶과 문학, 그리고 대중매체에 흐르는 국어교육이란 주제의 발표가 무척 수준 높았는데, 올해 예술고 김선생님의 '이규보의 삶과 문학' 이란 주제 발표와 조치원중 주교감 선생님의 시조창 시연과 직접 따라부르기 특강은 진정 국문학도들의 가슴에 잠들어 있던 학문의 심오한 세계에 대한 숙연한 그리움을 불러일으켰다. 세상에 태어나서 처음 실황으로 듣는 시조창! 그동안 국어선생 노릇을 얼마나 무사안일하게 했는지 부끄럽다. 학문의 즐거움을 여행과 더불어 속속들이 맛보다니, 이런 멋진 체험이 또 어디 있을까.

드디어 마니산 아래 숙소에 여장을 풀고 소세를 한 다음 이어지는 제3부.

모두가 고대하는 '올해의 가요 대전 및 가요 열창의 밤무대' 시간이다. 자타가 공인하는 예인 선생님들을 비롯한 수많은 꾼들이 출몰하는 시간, 뜨거운 열기 속 노래방 한가운데 우리의 냉철한 심사위원장님 칼 같은 눈길로 심사를 진행하고 계셨으니 자못 내일의 결과가 궁금할밖에.

하루의 강행군을 마무리하고 잠이 든 것은 새벽 2시 반 무렵, 과연 일찍 일어나 마니산 등반을 할 수 있을까. 마니산을 오르지 않는다면 왜 강화도에 왔는가 생각하니 포기할 수 없다.

동틀 무렵 가까스로 깨어 훤해진 산길을 오르다 전망대 부근에서 뜻밖에도 오선배님의 기氣수련 체험 현장을 맞닥뜨렸다. 젊은 선생님들이 그림같이 앉아 기氣 동작을 따라 하고 있다.

마니산 정상은 한라산의 백록담과 백수산의 천지까지의 거리가 똑같은 한반도의 배꼽으로 우리 국토의 생기처生氣處 중에서도 가장 기가 센 곳이라고. 그리고 그 우주의 기를 호흡을 통해서 자신의 것으로 할 수 있다고. 또 미국의 그랜드캐년 부근에 전 세계에서 기가 가장 센 곳이 몇 군데 있는데, 그곳 기수련센터에 직접 미국 가족여행 중 함께 가 본 적이 있고, 흔히 기 수련하면 명상이나 요가로 알려진 인도를 떠올리지만, 실은 세계적으로 미국의 그곳이 더 유명하다고.

우리가 우주의 기로 이루어진 것이라면, 전생은 존재하는 것이며 윤회하는 것인지 등 영적 세계로 화제가 옮겨갔다. 도중에 내가 "사후세계의 신비 말이에요. 죽으면 다 알게 될 텐데, 살아있는 인간인 우리가 너무 복잡하고 구구하게 해석하는 거 아니에요?" 하니, 명답이 돌아온다. "죽어도 모르죠. 전생의 기억은 다 지워질 테니까. 메트릭스처럼…"

신성한 산에 어울리는 깊이 있는 대화도 나누며 돌아온 숙소에서의 아침식사는 놀랍도록 정갈하고 맛있다. 강화도 특산물인 순무김치의 알싸한 맛과 나문재(*청산별곡 2연에 나오는 나ㅁ자개랑 구조개랑 먹고 바ㄹ래 살어리랏다)무침의 해초 특유의 톡톡 씹히는 산뜻한 맛과 신선한 깻잎장아찌, 붉은 고추를 갈아 만든 시원한 열무김치에 쇠고기무탕국의 단출한 밥상이었지만.

귀로의 여정, 동명성왕 서사시를 남긴 이규보 무덤을 들러 그 유명한 마니산 전등사를 간다.

아, 전등사. 왠지 신화가 깃든 듯한 이름이 아닌가. 절 이름에 얽힌 유래는 여럿 있는데 그 중 일반적인 정설이 공주가 옥등을 하사하면서 '전등사'로 명명되었다는 것. 전등사 입구의 소나무 오르막 숲길을 숨이 차게 오르니 떡 버티고 선 돌로 된 성벽과 성문이 진짜 강화도 느낌을 주었다. 이제까지 주로 전란과 역사의 상흔들을 수학여행처럼 둘러보았다면, 비로소 전등사 품에 드니 평온한 정취와 함께 유서 깊은 사찰이 주는 깊이가 에워싼다.

문득 언젠가 TV에서 방영한 유명한 전등사의 나부상裸婦像을 숨은그림찾기처럼 찾아본다.

전등사를 짓던 도편수가 젊은 주모와 눈이 맞아 번 돈을 모두 주모에게 맡겼으나, 어느 날 주모는 그의 순정을 배반하고 다른 사내와 달아났고, 도편수는 전등사 대웅보전 처마 밑에 평생 무거운 추녀를 이고 살라는 저주와 함께 독경을 들으며 참회하라는 뜻으로 벌거벗은 채로 벌을 받는 여인상을 만들어 넣었다는 것. 참 동서고금을 막론하고 애욕과 애증의 드라마라니!

마지막 여정은 대교 너머의 덕진포 교육박물관. 허름한 3층짜리 슬라브 건물인 그곳은 개인박물관으로 옛날 공부방, 학용품, 생필

품 등 '엄마 어렸을 적에'를 연상케 하는 전前세대 유물들로 가득하여 향수를 자극했다. 마침 3학년 2반 교실에서 수업이 진행되는데 어른 학생들이 조그만 옛날 책상에 앉아서 귀여운 표정과 말씨를 한 여선생님의 지도(?)를 받고 있었다. 그 앞을 못 본다는 여선생님의 풍금소리에 맞춰 다들 소리높여 학교종, 고향의 봄, 퐁당퐁당, 이슬비 등 동심의 노래를 따라 부르던 어느 순간 눈물이 핑 돈다. 오, 풍금이 주는 그리움이여!

뜻밖에도 자신의 아픈 이야기를 밝게 들려주는 여선생님의 사연 앞에서 누군들 마음이 애련해 오지 않았으랴. "저는 이화여대 초등교육과를 우수한 성적으로 졸업하고..."로 시작하여 불의의 교통사고로 실명한 후 방황하고 절망하여 죽고도 싶었는데, 마침내 남편의 아이디어가 오늘의 자리에 있게 했다는 애잔한 사연, 또 하나의 인간극장이다.

귀로, 누군가의 "잘 새가 없다."는 투덜거림처럼 끊임없이 이어지는 프로그램과 프로그램…. 바야흐로 무거워진 심신으로 버스에 오르니 어젯밤의 가요대전 예선 결과를 발표하는데, 이제부터 본선이란다. 13명의 예선 통과자가 만드는 본선 무대는 모두 불을 뿜었지만 영광스러운 대망의 대상, 최우수상, 우수상은 누구도 의심치 않는 쟁쟁한 세 분의 스타들에게 돌아갔다.

해마다 여름 한복판 어김없이 이루어지는 이 특별한 여행. 내년까지 어떻게 기다리냐는 소감을 남기며 다들 짧고도 긴 이틀간의 값진 추억을 꾸려 일상으로 돌아간다. 회장단을 비롯한 여러분들의 각고의 노력으로 탄생하곤 하는 이 멋진 여름을 위해 열심히 1년을 땀 흘리고 또다시 견우직녀처럼 만나자고 위로한다. 천안에서 한 무리, 공주에서 또 한 무리, 마침내 대전에서 헤어져 돌아보며 생각한다.

'국문학 기행'이 무어냐고 묻는다면, 이 세상에서 가장 감미로운 여름 향기라고 말이다.

또 떠남이란 결국 삶에 대한 사랑을 안고 자기 자신에게로 돌아오기 위한 것이라고 말이다.

(2003 용남중 재직 시절 글)

棗蛇 윤 규 수

삶은 한 줄기 바람인 것을

자연별곡自然別曲

서울시 행정법정배심위원, KTS&G임원, 공무원
대한민국예술원장상 외 다수, 성균관대학교유학대학원
"명리" "일모도원" "윤회"로 등단
저서:『내 삶의 기행문』,『길 위에서 나를 만나다』
　　　『노인자원봉사활동 관리론』,『미소』,『이정표없는 길을 혼자 걸으며』

삶은 한 줄기 바람인 것을

그는 떠났다.

가는 자는 한마디 말도 없이, 남은 자의 절규하는 고통의 포효咆哮 소리 뒤로하고…….

아무리 애원해도 눈 맞추며 손사래 치던 고인의 마지막 잔상殘像이 뇌리에 다시 어린다.
잠실벌 성내천을 넘나들며 면회가던 그 병원이 이제는 흉물처럼 느껴진다.

꼭 1년전 오늘이다.
그날도 오늘처럼 칼바람을 몰고온 혹한의 추위는 매몰차게도 살천스러웠다. 그 놈의 몹쓸병이 단란하기만 했던 가족들을 힘들고 아픈 현실로 만들었다.

여명黎明이 채 오기도 전에 넓은 세상의 많은 숙제를 남겨두고 아무도 찾지 못하는 머나먼 곳으로 그는 떠나갔다.
사랑하는 가족, 마지막까지 병상을 지키며 불철주야 헌신한 금쪽 같은 아내를 홀로 두고 그렇게도 일찍 가야만 했는지? 막내였던 그가 형님들 보기에 면목도 없이 서둘러 떠날게 뭐란 말인가?

　우리 모두는 이별 광장에서 그를 한 줌의 재로 보냈다. 세상을 다 품고도 남을 좋은 친구를 잃은 상실감도 컸지만 그 날의 허무함과 무력감이 두고두고 30년 지기인 나를 짓눌렀다.

　화장터에서 돌아오는 길에 겨울이 동반하는 푸른 하늘은 그날 따라 온통 잿빛투성이었다. 살을 애는 듯한 추위와 강풍은 버스 차 창을 울리고, 앙상한 나목이된 도로의 백양목과 플라타나스도 쇠 소리를 내면서 함께 울었다. 영구차에 탑승한 친척들 모두가 흐느 끼면서 새까맣게 타버린 가슴들이 바람 빠진 풍선 같았다.

　미망인의 오열하는 모습을 보니 눈물이 저절로 나온다.
　백방이 무효임을 알지만 위로의 말을 전하고 싶어도…

울지 마라
슬퍼 하지 마라
아파도 하지 마라

모든 인생 길은
돌아가는 길이다

임계점 없는 미로속을 유영하던
어제와 오늘이

삶과 죽음이
둘이 아님을

인생 여정이
완성 되는 길이다

　　먼 길 돌아 다시 만날
　　그날 위해

　　울지 마라
　　슬퍼 하지 마라
　　아파도 하지 마라

고 혼잣말로 역설적인 언어로 시詩 한 수를 마음속으로 새겨서 전해본다.

한참 동안 침묵이 흐르고 영구차는 제 갈길로 감정도 없이 달리기만 한다.

장지가 가까운 고구령 언덕을 오를 땐 모두가 고개를 숙이고 어깨를 들썩인다. 이승에서 맺은 삶의 굴레를 벗어나는 인연의 끝맺는 순간임을 감지하듯…

연신 오열을 멈추지 못하는 형제와 남매들, 마취없이 갈가리 찢겨나간 듯한 미망인 심장의 파편들이 내게 형언할 수 없는 고통으로 다가와 오금이 저릴 정도로 비통했다. 마른 가슴에 피가 역류하는 듯 했다. 아프지 않아도 눈물이 절로 솟구쳤다. 전력을 다해 회생시키려고 무던히도 애를쓰던 가족에게 일말의 보람도 없이 깊은 상처만 남기고 아까운 나이에 그는 우리 곁을 그렇게 떠나갔다.

인생의 종말이 이렇게 예고 없단 말인가?

차디찬 언 땅에 그대를 묻고 돌아서던 날 대못에 박힌 듯한 발길과 눈물은 얼어 붙어도, 님의 숨결 머물던 반변천 뚝방길, 신구들판, 남이포 강물은 고구령재 아래로 모여들어 목놓아 통곡을 하더이다.

님아!

이 풍경 보시려고 저승에서도 못 잊을 섬섬옥수로 꼭 잡은 따스한 아내 손 그리도 쉽게 풀으셨단 말인가?

그로부터 1년,

가신 님은 소식 없고, 속절없이 흐르는 세월속에 남은 자의 눈물만 서럽게 가슴에 파고든다. 이제 흐르는 시간속에 휘나리에서 물기 마르듯, 차츰 세인들의 기억에서 서서히 빠져 나갈 것이다. 죽은 자의 비애가 느껴지는 이유이다.

죽음은 우리 주변에 언제나 상존하고 있다. 누구도 예외일 수는 없다. 우리가 애써 죽음을 의식하지 않을 뿐이지 우리의 의지와는 상관없이 죽음이란. 언제나 곁에서 맴돌고 있다.

단지, 불행의 당사자가 아니기 때문에 늘 남의 일처럼 생각하며 지낼 뿐이다. 한 치 앞도 예측 못하는 우리 인간이 아닌가?

잠시 와서 임차한 시간을 빌려 쓰다가 가는게 인생이다. 우리는 초대 받지 않았어도 저 세상에서 왔고, 등 떠밀지 않아도 나이는 먹어가고, 허락하지 않아도 이승을 등지고 간다. 어느 누구도 거역할 수 없는 신의 섭리攝理가 아니던가?

이 세상에 영원한 것은 존재하지 않는다. 길게 보면 슬픔도, 기쁨도 한 순간의 바람일 뿐이다. 삶의 번뇌도, 사랑도, 증오도, 연민도 다 지나가는 바람인 것을…

이제 지나간 슬픔으로 인하여 흘렸던 눈물은 시간과 함께 날려버리자.

숫타니타파는 죽음은 누구나 피할 수가 없으며 사람의 힘으로는 어떻게 할 수가 없으므로 슬퍼하거나 두려워 하지 말라고 했다.
욕심으로 생겨난 번뇌의 화살을 뽑아 버리라 한다.
세익스피어는 "아플 때 우는 것은 3류, 아플 때 참는 것은 2류, 아픔을 극복하고 웃는것이 1류"라고 했다.

흘렸던 눈물만큼, 쓰라렸던 엉어리진 가슴만큼 다시 새로운 행복으로 메꾸어 나가야함이 산자의 의무이자 역할이다. 삶은 뒤가 아닌 앞을 보며 달려가야 하는 길고도 짧은 여정旅程이기 때문이다.

슬픔을 공유하듯 마지막 남은 카렌더 한장이 외롭게 떨고 있다. 바쁠 것도 없는 벽시계만 분주하게 돌아가고 있다.

우리는 왜 사는가? 라는 정답 없는 질문을 던져 놓은 오늘, 내 마음엔 하염없이 슬픈 계절의 비가 내린다.

자연별곡自然別曲

육지 속의 외딴 섬 영양 수비로 떠난다. 운전 면허시험장을 방불케 하는 곡예의 S자 난코스 열두 구비를 돌고 돌아 한티재에 올라선다. 제일 먼저 시야에 들어오는 건 검마산이다. 정상에 걸린 뭉게구름 한 조각이 파란 하늘을 배경 삼아 한가히 졸고 있다. 송림에 뒤덮인 초록색 고원이 펼쳐진다. 바로 여기가 하늘 아래 첫 동네라 불리는 청정지역 수비라는 곳이다. 매년 한 차례씩 전국을 순회하며 '가족 세미나'가 열리는 곳을 찾아가는 길이다. 서울서 안동을 경유하여 4시간을 달려간 백두대간의 끝에 위치한 한국의 오지라는 경북의 북부 내륙 지방이다.

우람한 산이 굽어보이는 곳에 낮게 자리한 수하계곡을 따라 내려간다. 피부에 특효약이라는 울련산 밑 '영천약수터'에서 시원한 약수 한 사발을 들이키고 나니 설악의 오색약수에 비할 바가 아니다. 장수천 주변엔 하늘을 찌를 듯한 소나무의 늠름한 기개에 눈길이 간다. 충절과 지조 있는 선비의 고장임을 알리는 듯한 자태다. 울련산 산허리를 휘감아 돌아가는 실안개는 섬섬옥수로 엮은 선녀의 치맛자락인양 하늘거리고 있다. 사람들을 숲과 계곡으로 유혹하는 선녀의 손짓 같기도 하다.

　조금 더 아래로 내려가니 야트막한 언덕에 아담한 목조 펜션이 나온다. 그곳에 여장을 풀고 주변을 거니는데 고개를 살짝 내민 패랭이꽃이 어서 오시라 반갑게 인사를 한다. 숙소 옆 황금색으로 채색된 농익은 보리밭 사이 길을 거닐다 문득 하늘을 본다. 코발트색 창공엔 하얀 구름이 양떼 그림을 그리고 있다. 앞뒷산에서 목이 터져라 울어대는 뻐꾸기와 소쩍새의 절규는 무엇이 저토록 애달픈 삶을 노래하게 한단 말인가?

　일행과 함께 숙소 뒤편으로 난 비탈길을 따라 걷는다. 수백 년의 풍상을 견뎌온 고목 밤나무가 다가올 가을의 결실을 위하여 부지런히 하얀 밤꽃을 피우고 있었다. 떼창하는 매미 소리와 고추잠자리의 곡예는 한 폭의 수채화처럼 한가롭기만 하다. 산길을 따라 계속 들어가니 울창한 잣나무와 소나무 자작나무 숲 샛길로 난 오솔길의 산책 코스는 하늘이 좁게만 보인다. 발아래 서걱 거리며 밟히는 낙엽과 솔방울들, 코끝에 와 닿는 풋풋한 잣 내음, 피톤치드를 내뿜는 싱그러움과 물기 머금은 녹음에선 여름 향기가 무르익어가고 있었다. 야생마적인 칡넝쿨의 강인한 성장력이 역동적이다. 다람쥐 형제들이 그 숲속을 헤집고 재주 부리는데 여념이 없다.

　미완성 공간의 여백에 새 소리와 바람 소리의 고요한 동행은 고즈넉하기만 하다. 인간의 손길을 거부한 채 태고의 신비를 고스란히 간직한 천년 비경의 자태에 넋을 잃는다. 자연이 쏟아내는 상큼한 숲 향기에 그저 감읍할 따름이다. 반짝이는 산 빛에 취해 오수午睡를 불러 팔베개하고 싶은 유혹을 떨 칠 수 없다. 다양한 생태자원을 보유한 첩첩산중의 심산유곡深山幽谷인 수하계곡이 아니면 도저히 볼 수 없는 신비로운 자연의 조화들. 힐링이 무엇인지를 온몸으로 느끼게 하는구나.

송림 사이를 지나가는 산바람 소리에 놀라서 보니 인적이 드문 숲속의 해는 서산에 걸려있다. 왕거미 집짓는 모습을 뒤로하고 산을 내려오니 석양의 긴 그림자는 자줏빛 감자꽃이 핀 밭고랑 사이를 빠르게 덮고 있었다. 가족들과 텐트를 치고 바비큐 파티로 꿀맛같은 저녁 식사를 했다. 밭에서 갓 캐온 타박감자, 옥수수를 삶은 구수한 냄새에 구미가 당겨 두어 개 먹으니 목이 잠긴다. 파전에 농주 한 사발을 들이키니 천년 근심이 해소되는 듯하다. 많은 무공해 식품들을 제공해 주신 아람농장 사장 내외분께 이 고마움을 인사드린다.

방안에선 오랜만에 만난 7남매 내외들과 오순도순 얘기의 꽃을 피웠다. 자녀의 결혼, 아들의 박사학위 취득, 출산, 유학간 딸 소식 등으로 방안이 시끌벅적하다. 사람사는 냄새가 물씬 풍긴다. 핵가족에 도시화된 내가 살아가고 있음을 느끼는 순간이다.

숙소를 나와 뜨락에 나선다. 일찍 찾아든 산촌의 밤은 은하수와 함께 온다. 세계에서 여섯 번째로 『국제밤하늘보호공원』으로 지정된 지역이다. 별빛이 쏟아지는 은하수와 유성을 육안으로 관측할 수 있어 요즘 인기가 치솟고 있는 곳이다.

냇가로 가니 무엇이 그리도 급한지 왕피천을 따라 빠른 걸음으로 내 달리는 물소리가 고요한 계곡의 정적을 깨뜨리고 있다. 세속의 잡념을 씻어 내리는 청아한 물소리다. 세상에 이보다 맑고 아름다운 음악이 어디 있을까? 언제 어느 때 들어도 지겹지 않은 무채색의 고운 화음이다.

형광 불빛 하나로 공간을 휘젓고 날으는 한여름 밤의 전령사 반딧불이의 군무群舞, 오랜 세월 동안 잊고 있었던 개구리들의 합창소리가 이색적이다. 이름 모를 풀벌레들의 합주곡의 불협화음이 어우러져 아름다운 하모니로 전원 교향곡처럼 들리는 건 오래전의 소년시절로 돌아온 나만의 착각일까?

인적 끊긴 산촌의 밤하늘에 울려 퍼지는 큰 형님 의 감미로운 색소폰 소리를 나도 모르게 휘파람으로 따라 불렀다. 때로는 폐부를 찌르는 애상적인 선율이 되어 나의 심금을 울린다. 풀벌레 울음계곡 물소리 반주 삼아 명경지수明鏡止水에 발 담그고 밤 깊은 줄 모르고 기울이는 술잔은 무릉도원武陵桃源이 따로 일 수 없고, 선철명현들이 갈구하던 요산요수樂山樂水가 이런것이었을까 하는 생각에 잠겨 본다.

이튿날 이른 아침 산 새소리에 잠에서 깨어났다. 상큼한 아침 공기가 코끝을 자극한다. 조식 후 88번국도 따라 계곡의 상류로 향한다. 화강암위로 옥빛 감도는 옥수玉水가 흘러내리면 동해의 연어, 은어가 거슬러 올라와 노닐던 어비계漁飛溪谷이다. 곳곳에 옹기종기 자리한 집들과 초록에 고요히 파묻힌 오지마을의 독가촌 풍경이 이채롭다. 양지바른 곳에 위치한 탓인지 고운 아침햇살을 듬뿍 받아 마냥 평온해 보인다. 꾸밈없는 소박함과 아늑함의 여유까지 느껴진다. 지나가는 곳곳에 산재한 심심산천 두메산골의 상수리나무와 물푸레나무 숲속에서 은밀하게 핀 이름 모를 야생화의 살랑거림은 길나선 나그네에게 뜻밖의 소득이다.

계곡을 따라 계속 오르니 만첩청산萬疊靑山에 울 울창창 우람하게 쭉쭉 뻗은 금강송 군락이 펼쳐진다. 청설모 한마리가 쪼르르 나무를 타고 정찰을 하다 낯가림을 하는지 쏜살같이 달아난다. 팔을 벌려 심호흡을 하니 원시 숲의 청량한 공기가 가슴을 파고든다. 삶의 비타민이 따로 없다는 생각이든다. 겨드랑이를 간지르는 솔바람이 연인의 숨결처럼 스쳐간다. 이 세상 구산팔해九山八海중에 이보다 좋은 곳이 어디에 또 있을까? 도솔천兜率天이 이만할까?

구절양장九折羊腸처럼 꼬불거리는 굽이굽이 험준한 산허리를 돌아 당도한 곳이 구름도 자고 가고 바람도 쉬어 넘는다는 민초들의 애환이 서린 구주령 정상이다. 빛바랜 이정표는 세월의 무상함과 이곳이 수비면과 울진군의 경계이자 계곡의 끝임을 알린다.

동해와 내륙을 잇는 "낙동정맥의 소금길"이라고 불리며 형형색색 사계절 색다른 풍경을 제공하는 천혜의 자연경관은 가히 장관이다. '한국의 차마고도'로 불러도 손색이 없을 아흔아홉 구비와 천 만길 낭떠러지와 그 아래 펼쳐지는 V자형 협곡은 풍광이 절경이라 가을엔 제2의 금강산으로도 명명되는 곳이다. 자연과 시간이 빚어낸 수직으로 깎아 내린 듯한 거대한 암벽 앞에서 천인단애千仞斷崖의 비경을 보고 또 한 번 저절로 흘러내리는 감탄사! 맑은 날이면 동해의 먼 수평선 너머로 울릉도가 보인다는 풍경은 흐린 날이라 보지 못함에 못내 서운하고 다음을 기약하며 아쉬움을 달랜다.

이처럼 청정한 공기~ 긴 계곡과 장수천을 품고 있는 수비는 사계절의 자연을 만끽하는 풍요로움과 순박한 인심이 매력인 곳이다. 하늘이 보다듬고 농부의 정성을 담아 땅심으로 키워낸 전국 최고의 상품으로 공인된 "영양고추" 주산지로도 유명하다. 일교차가 큰 고산지대의 자연조건이 그 배경이라니 새삼 고마움이 더해진다.

숲과 계곡, 꽃과 열매 등 자연 생태계의 숨은 저력이 숲 밖의 생명을 포용하는 힘을 지니고 있음이 새삼 놀랍다. 산은 뭇 생명을 보듬고 품는 무한대의 가치만큼이나 아끼고 보호해야 할 인류의 소중한 유산이다.

또한 인간과 자연이 공존하는 상생의 터전에서 다양성 안의 통일성은 고질적인 분열성의 우리 민족이 본받아 될 교훈이 아닐 수 없다.

언제 봐도 질리지 않고 어느 때 올라도 다시 찾고 싶은 싱그러운 풀 내음. 생명력 넘치는 푸르른 산. 이런 자연은 우리의 삶과 어떤 관계일까? 우주의 조화로움을 몽매한 중생이 어찌 다 헤아리겠는가? 다만 자연과 벗하며 더불어 지내다 후손에게 깨끗이 물려주고 최후의 안식처에 한 줌의 흙이 되어 산 속으로 돌아가리라.

하 성 수

일상의 일화– 건망증(1)
기억력(2)

전북 고창 출생.
《2020년 서정문학》 신인상으로 〈동시〉 등단
각 문예지 〈시〉 〈시조〉 〈동시〉 〈수필〉 〈동화〉 〈소설〉부문 등단
지필문학상: 〈소설〉 부문 대상
(HBS방송) 대한민국 문학대상: 〈동화〉 부문 최우수상
문학세계: 〈동시〉 부문 본상 수상

일상의 일화 – 건망증(1)

　사람이 살아가면서 방금 전 생각했던 것을 순간적으로 잊어버리거나 잘 기억하지 못하는 경우가 있다. 그런데 흔히들 그 잊어버리는 정도가 심한 병적인 상태를 건망증이라 말한다. 내 나이 60 줄을 훨씬 넘기고 깜박깜박 잊어버리는 건망증 때문에 종종 낭패를 보는 경우가 있으니 남의 굿 보듯 소홀히 넘길 문제가 아닌 것 같다.

　20년 전에 소규모 마트를 운영하면서 겪은 일이다. 손님이 카드를 주면서 물품 대금을 결재해 달라고 했다. 그런데 물품을 봉지에 담아 넣는 순간 깜박하고 단말기에 카드 긁는 것을 잊고 손님을 보냈으니 전구가 수명을 다해 깜박거리듯 깜박하는 순간에 결재 대금 000000원 하루의 품삯을 고스란히 손해를 보게 되었던 것이다. 그것도 몇 시간이 흐른 뒤 알게 되었고 결재 내역을 여기저기 뒤져 보아도 어디서도 거래 흔적을 발견하지 못해 속상해 했던 적이 있었다.

　어디 이뿐인가! 차를 끓인다고 커피 물을 가스레인지에 올려놓고도 깜박하고 새로 산 스테인리스 냄비를 새까맣게 태워 다시 쓸 수 없게 망쳐 놓고 말았다. 또한 냄비 밑에 플라스틱 받침대가 붙어 있는 줄 모르고 커피 물을 올려놓고 일을 보다고 낭패를 당한 적이 있었다. 가게 안에서 쾌쾌한 냄새가 나기에 다른 집에서 음식을 태우는가 하고 불쾌하게 생각하고 있었는데 몇 시간이 흐른 뒤 주방에 들어서자마자 까만 연기가 앞도 분간할 수 없고 숨도 쉴 수 없을 정도로 먹장 구름을 피워대고 있었다. 마치 수소폭탄이 폭발하고 화산이 터진 듯이 새까만 분진이 방과 가게 안 구석구석 빈틈없이 가득 차고 분무기로 검정색 페인트를 뿜기며 코팅을 하고 있었고 쾌쾌한 냄새에 금방 질식할 것만 같은 도저히 참을 수 없는 악취를 뿜어내고 있었다.

냄비와 받침대가 흔적도 없이 다 타버리고 가스렌즈도 뻘겋게 불이 달아올라 금방 폭발 일보직전이었다. 다행이 늦게라도 발견해서 망정이지 그렇지 않았더라면 큰 화재로 번질 뻔한 위험천만한 상황이었다. 부엌 가재 도구며 싱크대, 옷장 안 이불, 옷과 쌓아 둔 박스며 그릇이며 방바닥이며 벽이며 천장이며 어디 한곳 성한 곳이 없이 까맣게 코팅을 하고 말았다. 구석구석 찌든 분진은 아무리 닦아도 닦아 지지 않고 털어도 떨리지 않았는데 곳곳에 베긴 그 냄새와 먼지 자국은 두 달이 지나도 지워지지 않아 애를 먹었던 적이 있었다.

더 심한 경우가 있었다. 신혼 초에 세 들어 살던 집에 전기난로 가열로 인해 불이 났었다. 은평구 소방차가 열대가 출동하고 뉴스에 날 정도로 큰 화재 사건이었다. 방안에 있는 가구며 아끼던 책들이며 모조리 불의 밥이 되고 말았다. 간신히 식구들이 몸만 빠져나와 목숨을 건지긴 했지만 거처할 집도 없이 서울 구파발에서 면목동 친척 집을 오가면서 1월의 혹독한 추위를 견디며 2달여 동안 더부살이 삶을 살던 아픈 기억이 있다. 그 일을 겪고 난 후부터는 불조심, 불조심을 철칙으로 여기며 생활하고 있었는데도 그놈의 건망증 때문에 아직도 후회스런 일의 고리를 완전히 끊지 못하고 있다.

방심은 금물인 줄 누가 모르랴만 군대에서 배운 소등과 점등 수칙을 일상생활에 철저하게 적용한다고 마음먹었다가도 깜박할 때가 많다.

어느 날은 가게 문을 새벽 늦은 시간에 닫는데 깜박하고 간판 불을 소등 하지 않은 채 다음날 점등하기까지 밤새 불을 켜 놓을 때도 있었다.

까마귀 국을 먹은 적도 없는데 가끔씩 금방 들은 애기도 뒤 돌아서면 까마득히 잊어버리고 잊지 않으려고 메모해 둔 쪽지도 어디에 둔지 모르고 서성거릴 때가 많아 졌다. 기억력이 떨어져서 인지 어디서 청첩장이나 초대장이 날아오면 숫자, 글자 개념이 무뎌 그날이 되어 꼭 주머니에 넣고 직접 들고 길을 나서야 마음이 놓인다. 그렇지 않으면 때와 장소를 찾지 못하기 때문이다. 지금 이 순간에도 무언가 까맣게 잊은 듯 망각에 사로 잡혀 공연이 실수를 범벅하고 있는 느낌이다. 더 심하면 치매가 된다는데……

건망증은 지속적인 스트레스와 긴장으로 뇌세포의 피로를 촉진시켜 건망증을 증가 시키고 우울, 초조 등의 심리적인 요소와 강박관념이 건망증을 촉진시킨다고 한다. 신체적인 피로와 수면 부족도 집중력을 저하시켜 일시적으로 건망증이 생기게 되는데 이런 현상이 자주 일어나다 보면 병적인 건망증이 될 수 있다고 한다. 또 어떤 일에 지나치게 집착하거나 일 처리를 완벽하게 하려는 강박적인 성격도 건망증을 일으키고, 지나친 알코올 섭취도 뇌의 신진 대사를 떨어뜨려 기억력 감퇴를 촉진한다고 보고 있다.

나이가 들수록 기억력은 감퇴되는 것은 당연하지만 곧 잊어버리는 나의 건망증은 병적임이 틀림없기에 더 큰 화를 불러일으키기 전에 전문가의 상담이라도 받아야 할 처지인가 보다. 그렇지 않으면 건망증을 물리치기 위해서 평상시 두뇌 운동을 한다든가 메모 암기 습관을 갖는다든가 영양분을 골고루 섭취하는 것이 좋은 방법이라 하는데 건강에 관해서 게으른 탓에 그마저 쉽게 실천에 옮길 자신이 없다.

늦은 시간대에 젊은 아가씨가 택배 물건을 맡기고 가더니 되돌아온다. "사장님. 제 핸드폰 여기 놓고 가지 않았나요?" 금방 눈앞에서 핸드폰으로 주소를 검색해 송장에 적고도 깜박하고 되돌아 와 묻는 것이다. " 아이구, 내 정신 좀 봐," 그리고 머리를 쥐어뜯는다. 그도 나보다 한 단계 낮은 건망증이지만 머리를 뜯으니 나는 머리를 후려 패야 정신이 돌아올 중증 건망증 환자일 거라는 생각이 든다. 나이 들면 늙어감도 서러운데 건망증까지 보태진다면 무슨 낙으로 살까! 불행은 쉬이 잊고 행복은 오래 간직해 아름다운 추억으로 남아 젊게 살아야 할 텐데 말이다.

기억력(2)

　어느 날 오후 시간대 체구가 큰 예쁜 젊은 여자가 가게를 찾아왔다. 목소리도 사근사근하고 첫인상이 참 좋게 보였다. 곧 진열대에 놓인 물건들을 주섬주섬 집어서 가지런히 테이블 위에 올려놓는다.

　그 순간, 번개처럼 뇌리 속을 헤집고 스쳐가는 착시현상으로 마음이 혼란스러웠다.
　"혹시, 예전에 저희 가게에서 물건을 사 가신적 있으시죠?" 물었더니 한사코 "아니요. 어제 오고 처음인데요." 싱글싱글 웃으며 말을 한다. "아차," 어제 새벽 늦은 시간 문을 닫으려 할 때 맨 마지막으로 맞았던 그 손님, "여기, 가게가 있는 줄 몰랐어요. 앞으로 많이 이용 할래요." 말했던 바로 그 사람이 아닌가!

　내가 그녀에게 무심코 00물품을 사 가신 적 있으시냐고 여쭈어봤던 이유는 한 달 전 그 이와 몸매, 이미지, 생김새가 비슷했기 때문이었다. 거액의 물건 값을 계산하라고 카드를 내밀었는데 카드가 승인되기 전에 그만 손님에게 건네주고 헛장사를 한 그 순간이 갑자기 떠올랐기 때문이다. 그 일이 있은 후 언젠가는 그 손님이 다시 내 매장을 찾아오리라는 기대를 걸고 있었다.

"죄송해요, 어제는 마지막 손님, 오늘 다시 찾아 온 귀한 첫 손님을 몰라보게 되었군요. 너무 너무 죄송합니다." 나의 순간적 의심에 움칫 놀라던 그녀가 다시 환하게 웃으며 가게를 나선다.

나는 가끔 기억력에 한계를 실감하고 하고 있다. 인상에 남을 만한 강한 사실 한 가지도 가물 가물거리며 재현을 해 내지 못하고 있다. 내 기억 장치가 온전히 제 기능을 못하고 이렇듯 번번이 실수를 범하는 오작동을 하고 있는 것이다. 어릴 적에는 번뜩이는 명검이었건만 나이 든 탓인지 지금은 자꾸만 둔치가 되고 까막눈이 되어 판단이 흐리고 사고의 혼란만 일어난다.

바야흐로 요즘은 전화번호도, 할 일도 굳이 기억할 필요가 없어진 시대이고 보면 심히 걱정할 일은 아니지만 예전에 비해 기억력이 많이 떨어졌다는 느낌이다. 이럴 때면 초조하고 불안하기까지 한다. 기억력을 더 악화시키지 말아야 할 텐데… 어릴 적엔 세 자릿수 암산도 척척 해내고 몇 권의 책 내용도 머릿속에서 솔솔 풀어내던 명석한 내 두뇌의 사고 작용은 어디로 간 것인가!

뚝 떨어진 기억력을 되살리고 싶은 마음이 굴뚝같다. 기억력 향상을 위해 손쉽게 할 수 있는 방법을 찾아보았다. 우선 큰 소리를 내어 책을 읽고 직접 메모하는 습관을 기르고 한두 잔의 약주를 하고, 하루 90분간의 낮 잠자기, 단순 암기가 아닌 시행착오를 통해 숙지한 지식, 성공이 아니라 실패를 통해 알게 된 삶의 기술이 오래 기억에 남는다는 연구 결과를 토대로 그중 한 가지라도 실천에 옮겨 볼 생각이다.

홍 만 희

노래가 내게로 와 시간이 흐른다
어떤 인연

시인, 수필가. 서울과학기술대 문예창작학과 졸.
『서정문학』 시부문 신인상 수상 · 서정문학 수필분과 심사위원
『산림문학』, 『시에』 수필부문 신인상 수상
시집 : 『책 한 권 』 · 공저 : 『한국대표서정시선』
2021년 제8회 서정문학 본상 수상
571014@daum.net

노래가 내게로 와 시간이 흐른다

『당신과 나 사이에 저 바다가 없었다면

쓰라린 이별만은 없었을 것을

해 저문 부두에서 떠나가는 연락선을

가슴 아프게 가슴 아프게 바라보지 않았으리

갈매기도 내 마음 같이 목메어 운다

당신과 나 사이에 연락선이 없었다면

날 두고 떠나지는 않았을 것을

아득히 바다 멀리 떠나가는 연락선을

가슴 아프게 가슴 아프게 바라보지 않았으리

갈매기도 내 마음 같이 목메어 운다』

'가슴 아프게 '가사 ―남진의 노래

노래 속에도 시간이 흐른다. 어머니가 들려주던 노래. 내게로 와서 나의 시간으로 통과하며, 천천히 다가온다.

시간이란 무엇인가. 시간을 인위적이 아닌 '심리적 마음의 흐름'이라 했다. 시곗바늘이 가리키는 숫자가 아니라, 무의식의 흐름이 곧 시간이라는 뜻이다. 지난 어머니의 노래는 내 마음을 흔들어 놓는다.

노래를 음미하다 보면 지난날이 떠오른다. 노래 속에 스치는 향기를 맡으며 기억의 여운을 더듬는 일은 과거이다. 어머니의 노래는 지난 시간을 내 몸 안으로 흘려보내는 의식이 된다.

노랫가락은 기존과 다르게 포근할 만큼 익숙함을 더한다. 가사 속에 배어 있는 시간의 흔적, 당신의 하루를 지탱하던 조용한 움직임들, 그리고 마지막 사라질지도 모를 풍경을 붙잡기 위한 나의 호흡은 점점 가빠오다 천천히 느려진다.

시간이 흐르는 동안 펼쳐지는 마음의 변화는 분명하다. 어머니가 붙들고 걸어온 궤적을 펼쳐 보며, 기억을 기록한 노래가 내 마음속 깊숙이 어떤 울림을 만들어내는지 섬세하게 보여준다.

어머니의 지난 기억을 깨운다. 어머니는 포천시 일동 괸돌에서 무남독녀로 태어났다. 그 시절의 이야기, 냄새, 풍경은 시간이 지나도 우리의 내면에 깊이 박혀 있다. 52년 봄 아버지와 결혼하였다. 결혼식 집 마당 벚꽃이 휘날리던 봄날이었다고 추억하곤 했다. 2018년 아버지가 먼저 돌아가시고 5년 뒤인 2023년도 어머니가 늦가을에 돌아가셨다. 지아비를 여읜 어머니의 노래는 그리움이거나 슬픔이었을 것이다. 이때 노래는 또 다른 방식으로 불러오는 창문과도 같다.

노래는 오래 묵혀두었던 기억이 떠오르게 한다. 안방 방문을 지치면 대청마루가 나온다. 마당이 보이고 대문을 나서면 개울이 흐르고 바로 맞은편에 느티나무가 있었다. 늘 같은 자리에 있던 그 느티나무가 나에게는 어머니처럼 느껴진다. 여름이면 차가운 복숭아 주스 물을 타서 주던 어머니, 겨울이면 군고구마 냄새… 그 모든 것이 느티나무와 함께 내 기억의 첫 장면을 떠오르게 한다. 그래서일까. 나에게는 그 기억이 단순히 '풍경'을 보여주는 것이 아니라 내 마음속 지난 추억을 조용히 끄집는 힘을 가지고 있다.

청각보다 앞서 마음 깊숙이 섬세한 감정이 가려진다. 초등학교 2학년 때인가. 불암사로 가을 소풍을 갔다. 처음으로 먼 곳을 걸어서 간 기억이 뚜렷하게 남아있다. 어머니는 아침 일찍 김밥을 싸고, 달걀도 삶았다. 전날 사둔 사이다도 챙겼다. 며칠 전 소풍 때 입히려고 청량리시장에서 산 내 잠바를 장만하셨다. 이보다도 불암사 계곡에서 어머니도 함께 참석한 보물찾기를 한 기억도 남아있다. 보물을 찾았는지는 기억은 없다. 이때 어머니는 누구보다 예뻤다는 생각이 들었다. 노래의 시간이 지날수록 풍경의 양상은 달라진다. 노래는 그렇게 흐른다.

어머니는 평생 누군가에게 작은 손길을 건네며 사셨던 분이었다. 묵묵히, 아무 말 없이, 자신이 가진 것을 나누기도 하셨다. 거창한 일이 아니라 일상 속에 스며드는 빛이었다. 그래서일까. 슬픈 줄만 알았던 이별이 오히려 더 따뜻하게 채워졌다. 주변 사람 마음속 추모 공간이 곳곳에 생겨났다.

바다처럼 넓은 품으로 모든 것을 품지는 않았지만, 행복한 삶은 혼자 이룰 수 없다는 것을 삶으로 가르쳐 준 어머니다.

노래 속에는 그리움이었고, 소소한 쉼표 같은 공간이었다. 노래는 마음 한 자리에 머물지 않는다. 시간은 단절이 아니라 '지속' 이다. 노래 또한 지속의 흐름을 따라 더 마음속으로 깊숙이 파고든다.

항상 기억의 끝자락에는 힘들어하신 어머니 모습이 떠오른다. 아버지가 돌아가신 뒤에는 외로움으로 더욱 힘들어하셨다. 이와 함께 정신과, 신경과 치료를 받으셨다. 나이가 연로하시어 그렇다 치지만 치과 잇몸 수술로 입원하는 등 견디기를 힘들어 하셨다. 그렇다고 해서 마냥 슬퍼하지는 않았다. 그 과정 어딘가에 가장 아름다운 순간도 있다. 추억도, 시간도, 그리고 노래도 우리 삶도 그렇다.

어머니의 노래는 어머니가 걸어온 궤적을 펼쳐지며, 어떤 울림을 만들어냄으로써 섬세하게 보여준다.

노랫말에 며칠 전 내린 눈이 꽃으로 피어있다. 나뭇가지 흔들 때 겨울바람의 상큼한 향기가 오롯이 내 마음에 안겨 온다.

오랫동안 어머니 곁에 있고 싶다. 추억을 오래오래 간직하고 싶다. 옛날 옛적에 어머니, 이병순 여사가 살았다고. 다가오는 음력 10월 21일은 탄생 93주년이 되는 날이다. 돌아가신지는 3년이 되어가고 있다.

어떤 인연

내 이름을 홍만희, 아버지가 지어주신 이름이다. 그 이름처럼 큰 사람이 되라는 아버지의 뜻일 것이다. 이는 내가 스스로 택한 것이 아니다. 그리고 나의 호인 송산松山은 고등학교 담임선생님이 남산의 소나무처럼 흔들림 없이 살라고 지어주신 것으로 그 뜻을 스스로 택할 수도, 구할 수도 없다. 그밖에 숱한 일은 어떨까. 인연을 생각해 본다. 내가 살면서 숱한 일들은 얽히고설킨 것으로 그 모든 일은 인연으로 이루어진 것들이다.

내가 초등학교 때 아버지가 사준 첫 동화책에 대한 기억이 있다. 그 동화책의 이름이나 내용은 기억이 가물거리지만, 무척 재미있게 읽었던 기억이 있다. 동화책을 사달라고 떼쓴 것도 그 이유였을 것이다. 책을 구입하지 않아도 도서관에서 읽거나 빌리면 되지만 내가 어렸을 때 기억으로는 도서관 존재조차 몰랐던 시대였다. 그때 한 권의 동화책이 행운과도 같은 인연이었고 가피력 같은 만남이었다. 이때부터 책의 인연은 시작되어 지금까지 이어진 것이다. 지금 내가 글을 쓰고 이로 인해 문예지를 통해 활동할 수 있었던 것도 아버지의 첫 동화책에서 만난 인연의 힘이 촉발됐다고 볼 수 있다. 동화책 한 권이 글 쓰는 생활로 이어지고 내 삶의 전환 그릇이 되었다.

그렇듯 한 권의 책, 한 편의 시, 한 편이 수필과 만남이 우리를 생각지도 못한 인연으로 이어졌다. 인연의 힘이 무엇인가를 말해준다. 나는 삶의 선택으로 늦게 문예 창작을 공부했고 아버지가 평생 농사지은 것처럼 나는 그 배운 바대로 평생을 읽고 쓰고 그 즐거움과 소명으로 살 것이다. 그런 삶에 대하여 후회가 없다.

직장생활을 할 때도 책 읽고 글 쓰는 일에 손을 놓지 않았던 이유이다. 그러다 보니 내 서재에는 지난 세월 같은 추억의 조각들이 나열돼 있는데. 남들이 보면 치기로 느꼈을 책들과 원고들이 대부분이다. 그 가운데 서고에는 그동안 쓴 글 원고가 한 뭉텅이로 남아있다. 아직 정리되지 못한 원고들, 면면히 모자이크된 원고지에 나의 얼굴보다 큰 지난 시간이 들어 있다. 그리고 맨 위에 좀 굵은 글씨로 이렇게 써 놓았다. " 우리가 일에 매몰돼 있으므로 일상에선 그게 보잘것없이 반복되는 것처럼 여겨지지만, 그걸 소재로 글을 쓰고 싶었다. 대단해 보이는 지점을 만들고 싶었다. 일상을 응원하는 마음, 힘을 실어주고 싶은 마음과 그것이 평평하지만 대단하다는 것을 얘기하고 싶다. " 그 메모 글은 글쓰기에 대한 내 자긍심이며 마음가짐이다.

지난 시간, 잡문을 수시로 썼지만, 어떻게 내가 이 길을 걸어야지 하는 확신하게 된 계기가 있었을까? 그것 역시 우연한 인연으로 시작됐다.

"네가 어떻게 글을 쓰게 된 거냐? " 하던 주변 지인의 말씀처럼 그것은 의외였고 뜬금없다. 하지만 말로는 표현 못 했지만 직장생활하면서 문예창작학과에 입학하여 늦게까지 학교에 다녔으니 글에 대해 사랑은 누구보다 크긴 했다. 그리고 졸업 후에도 꾸준히 글을 쓰다 보니 얼떨결에 공무원 문예 대전 공모전에서 시로 입선하게 되었다. 마침내 서정문학 계간지에 시가 당선되어 신인상을 받게 되어 문단에 끄트머리라도 기웃거리게 되었다. 이를 계기로 꾸준히 시를 발표하였다. 어느 순간 시를 쓴다는 것이 한계에 다다르고 이보다도 연로하신 부모님에 대하여 삶을 이해하고 정리하고픈 생각으로 수필을 쓰게 되었다. 시보다 수필이 표현하기가 나름대로 쉬워서 선택한 것도 있다. 지금은 시를 쓰지 않고 있지만 언젠가는 다시 시도할 생각이다.

시 창작이 수필을 쓰는 데 많은 도움이 되어 수필로 등단한 계기가 된 것도 사실이다. 이렇듯 수필로 문단에 들어간 계기도 어떤 인연을 거역할 수 없었을 것이다. 이때 시는 이미 김소월, 이상, 조지훈, 박목월, 윤동주, 이은상 선생 등이 다 썼고, 좋은 소설은 이미 김동인, 이광수, 김동리, 황순원, 박종화 선생 등이 다 써버렸으니 수필로 나름 이름을 남기고 싶다는 객기 아닌 호기를 부린 기억도 있다.

지금 생각하면 나름 내가 꾸준히 글을 발표한 것도 함께 문예 활동한 문우들과도 분명히 커다란 인연으로 연결되어있기 때문일 것이다. 삶의 여정에는 수많은 만남과 선택이 점철돼 있음을 안다. 작은 도서관 설립을 꿈꾼 것도 힘이 되어 준 것도 같이 활동한 문우들이라는 인연이 있었기 때문이라. 도서관 설립은 나의 그릇으로는 덧없이 부족하였지만 부족한 내 근기를 채워준 분들이 그동안 함께한 문우들의 응원 되어 준 덕분이라는 것을 알고 있다. 그리고 힘든 모든 난관을 헤칠 수 있었다.

　우암牛岩 작은 도서관에서 서정문학 작가회의 도서 기증식을 했
다. 내 인생 행운의 대부분은 인연이 만들어 준 문우들에게 고마
움을 표현하고 싶다. 이제야 느끼게 된 것은 무능과 무심으로 알아
채지 못했을 뿐이다. 앞으로 내 삶이 그 어떤 인연이 어떤 모습으로
변할지 나름 궁금할 때도 있다.

한국대표서정소설선

김 관 식

고종명

숭실대학교 대학원 문예창작과 박사과정 수료
1976년 전남일보 신춘문예 문학평론 입상
『자유문학』신인상 시 당선(1998년)
낸 책으로 동시집『토끼 발자국』외 20권.
시집『가루의 힘』외 23권, 문학평론집 10권, 문학창작이론서 2권,
소설집『관악산 뻐꾸기』등
한국좋은동시 재능기부사업회 책임자
계간『문예창작』편집고문, 계간『시창작』편집고문,
격월간『서정문학』운영위원, 계간『한글문학』자문위원

고종명

1

동짓달 바람은 차가웠다. 뼛속까지 추위가 엄습해왔다. 그래서 고종명은 처음으로 내복까지 껴입었다.

해마다 이때가 되면 고종명은 고향 함양의 부모님 묘소를 찾곤 했다. 추석 때 찾지 않고 왜 하필이면 동짓달에 찾는 까닭은 바로 그 무렵 함양읍내 목욕탕에서 화재가 발생하여 수십 명의 목숨을 앗아간 사건이 있었는데, 이때 고종명의 부모님이 돌아가신 날이기 때문이었다.

고종명은 동서울에서 함양고속버스를 출발한 시각을 오전 9시였다. 신탄진 부근을 지나자 진눈깨비가 내리기 시작했다. 바람에 눈발이 휘날리며 차창을 기웃거리는 모습은 마치 그날 같았다. 그날은 마침 미국에 갔다가 영종도공항에서 막 도착해서 공항버스를 탔는데, 버스 안 화면에 함양 목욕탕 화재 발생으로 목욕하던 주민들이 미처 대피하지 못하고 사망했다는 보도를 들었다.

집에 막 도착했을 때 경찰서에서 연락이 왔다.

"경찰서 경사 허민수입니다. 고종명 씨 되시지요. 부친의 존함이 고지식, 모친은 나두선 씨 맞나요?"

순간 고종명은 불길한 예감 때문에 가슴이 마구 방망이질 했다.

"네, 그렇습니다만"

"목욕탕 화재 사건으로 부모님 두 분 모두 운명하셨습니다."

순간 눈앞에 캄캄했다. 급히 함양으로 내려왔고, 장례를 치렀다. 함양 지리산 자락 선산에 부모님을 안장했다.

그 뒤 함양의 선산에 모신 부모님 산소에 성묘 가는 일은 거리가 멀어 매년 추석 때와 동짓달 화재 참사가 있던 날 12월 14일에 찾아가는 것이 습관이 되었다. 가족들과 함께 가는 추석 성묘 때였다. 이때 몇 해 동안은 온가족들이 함께 부모님의 산소에 성묘를 하고나서 지리산 여행을 겸했다. 그러던 것이 자식들이 결혼을 하게 되자 추석 때 가는 성묘도 온 가족이 갈 수 없게 되었다. 아들과 딸은 할아버지 할머니의 산소에 성묘를 갈 무렵이면 회사일이 바쁘다는 둥 손자들을 돌보기 때문에 성묘를 갈 수 없다는 둥 성묘 가는 것을 기피했다. 어쩔 수 없어 고종명은 아내와 함께 추석 날 성묘를 해야만했다. 부모님의 참사가 있던 12월 14일은 그날 같이 운명을 달리한 열 가족이 합동 제례가 있어서 고종명 혼자 참석하는 것이었다.

2

백세 시대라고 하지만 팔십이 넘으면, 지난날을 되돌아보게 되고, 사후 세계를 걱정한다. 젊은 날은 그저 혈기에 넘쳐 목적 없이 쏘다닌 것이 후회되지만, 다시 되돌릴 수도 없는 일이기에 한숨만 절로 나오는 것이다.

명문가에서 태어난 자부심에 고종명은 자신이 특별한 사람이라고 생각하는 버릇이 있었다. 고종명의 증조부께서 정여창의 직계 후손의 딸과 결혼한 뒤에 함양의 개평마을에 처가살이로 이곳에 정착했다.

할아버지께서는 서원에서 유학을 공부한 선비로 진사 시험에 합격한 분이었고, 한시를 잘 쓰는 시인으로 함양을 비롯 전국에 꽤 알려진 분이었다.

함양의 개평마을은 조선 시대 성리학의 대표적인 인물로 널리 알려진 일두 정여창(1450~1504)과 옥계 노진(1518~1578)을 배출한 양반 씨족 마을로 알려져 있었다.

함양은 예로부터 유명한 학자들이 거쳐 간 고장이고, 현재는 산양산삼의 재배지로 널리 알려진 곳이다. 신라 때 최치원이 함양 태수였을 때 홍수와 전염병을 막기 위해 만든 천변에 인공림을 조성한 상림원은 지금까지 울창한 숲이 우거져 있어 수많은 관광객들이 찾는 곳이다. 이 밖에도 김종직, 박지원 등이 지방 관리로 함양을 거쳐 가는 등 영남 유림의 본산으로 좌 안동, 우 함양이라고도 일컫는 고장이다.

고종명은 유학자이진 진사 할아버지께서 지어주신 이름이었다. 고종명은 한자로 高種明이지만 유교에서 다섯 가지 복 중에서 하나인 考終命이라는 뜻을 내포하고 있는 이름이다. 할아버지께서는 천수를 누리고 살다가 편안하게 죽음을 맞이하라는 뜻을 내포하기도 하여 한자의 의미는 다르지만 동음인 고종명高種明이라는 이름을 지어주셨다고 한다. 그런데, 할아버지께서는 고종명考終命의 복을 누리셨지만, 아들 부부가 불의의 화재 사고를 당하고만 것이었다.

개평마을은 함양의 도승산과 다른 산에서 흘러내리는 두 개울이 만나는 곳에 자리 잡은 그야말로 아름다운 마을이었다. 이 마을은 풍수지리학으로 도승산 뒤쪽 천황봉에서 뻗어 내려오는 세 개의 주맥 중에서 하나이다. 그 세 개의 주맥의 하나는 남쪽의 함양읍의 토대, 또 다른 하나는 북쪽의 안음현의 토대, 그리고 두 줄기의 가운데로 향한 것이 바로 개평마을의 기를 형성한다고 전해진다. 이

지형을 따랏허 '介(개)' 자 모양이라 개화대 또는 개우대 마을이라
고 불렀으나 지금은 개평마을로 불리는 마을이다. 그래서 훌륭한
유학자 일두 정여창과 노진을 배출했다.

개평마을은 14세기에 정여창의 증조부인 정지의가 처갓집인 이
곳으로 들어와 터를 잡고 살기 시작했고, 곧 이어서 풍천 노씨인 노
숙동이 들어와 살게 되었고, 노숙동이 과거에 급제하고 이곳을 지
나다가 마을 앞 종바위 근처에서 낮잠을 자고 있었는데, 그 무렵에
이 마을에 사는 김점이 집에서 낮잠을 자다가 꿈에 용이 승천하는
것을 보고 깨어났다고 한다. 이상하다고 생각한 김점은 하인을 시
켜 주변을 살펴보라고 일렀는데, 하인이 종바위 위에서 자고 있는
노숙동을 발견했다고 한다. 즉시 하인은 김점에게 이 사실을 보고
하자 김점은 그를 불러오게 해 융숭하게 대접한 후 나중에 사위로
삼았다고 한다. 김점은 바로 정복주의 사위이고 정복주는 정여창
의 할아버지다. 즉, 하동 정씨가 먼저 개평에 입향하고 사위인 김점
의 사위로 풍천 노씨가 개평마을에 들어와 살게 되었다는 것이다.

개평마을 출신인 일두 정여창과 문효공 옥계 노진은 모두 남명
조식에게 큰 영향을 주었는데. 일두는 조선 시대 대표적인 도학자,
성리학자로 이기론, 심성론, 선악천리론 등의 사상을 기초로 소학
과 가례의 실천적 효행에 모범을 보였으며, 특히 부모에 대한 효행
을 삶의 근본으로 삼은 학자였다. 그런데 당시 불행하게도 사화에
연루되어 유배되고 1504년 갑자사화 때는 부관참시 당하기까지 했
지만, 성리학의 역사에서 김굉필, 조광조, 이언적, 이황과 함께 5현
으로 칭송되는 인물로 알려져 오늘에 이른다.

옥계 노진은 조선 중기의 문신으로 명종 1년(1546) 증광 문과에
을과로 급제해 박사, 전적, 예조낭관을 거쳐 지례 현감으로 있었으
며 청백리로 뽑힐 정도로 명망이 높으신 분이었다. 수찬, 교리, 지

평, 부응교, 직제학, 형조 참의를 거쳐 도승지, 진주 목사, 충청도 관찰사, 부제학 등을 역임했고, 선조 8년(1575) 예조판서에 올랐지만 스스로 사퇴했으며. 그 후에도 대사헌, 예조판서, 이조판서 등에 임명되었으나 지병으로 취임하지 못했지만 명망이 높은 선비로 그의 저서로는 『옥계문집』이 있으며 남원의 창주서원, 함양의 당주서원에 제향된 분이시다.

개평마을에서는 신분별, 문중별로 영역이 확연히 구별된다. 반가의 주거지는 중앙 부분을 기점으로 평민들의 공동 영역과 구분되면서도 양 문중의 공동 장소가 서로 다르게 편을 가르고 있는데, 하동 정씨는 도곡서원, 대종가, 만귀정 등이 선산인 숭안산 쪽으로, 풍천 노씨는 대종가, 동산정사 등이 선산인 주곡산을 쪽으로 마을을 형성하고 있다.

평민의 주거지는 북쪽으로는 덕암들과 경계를 이루면서 남쪽으로는 마을 초입부터 옥계천을 따라 주변부에 형성되고 있고, 마을 초입의 정자나무가 있는 신선대, 마을 중간 부분에 위치한 우물은 평민용이다. 이들이 살았던 가랍집은 개울 언저리와 건너편에 흔적이 남아 있다.

양반과 평민의 위계는 마을제에서 나타나는데, 개평 마을제는 섣달 그믐날부터 마을 주민이 농악 및 풍물을 울리며 집집마다 방문해 조금씩 쌀을 거두어들여 당산제를 준비한다. 정월 대보름에 마을 사람 중에서 선정된 제관 세 분이 마을 초입에 있는 정자나무, 신선대, 종암우물 주위 등 세 곳에서 동시에 당산제를 올리는데, 마을 사람들은 당산제 심일 전부터 궂은 것을 보지 않고 비린 것을 먹지 않는다고 한다.

당산제에 참가한 사람은 대부분 평민이었다. 양반들은 마을에 자신들만의 공동 장소, 즉 문중의 대종가가 있기 때문에 마을제 참

가하지 않았다. 남자들은 사랑 대청에 모여 공동 관심사를 논의하고 여성들도 안채에서 교류했는데, 마을 정사와 서원도 양반들의 활동 장소였다. 양반과 평민이 함께 살았지만 마을제조차 함께하지 않았다.

현재는 개평마을 백여 가구 이백여 명이 살고 있으며, 대학 교수만 150명을 배출하는 등 육백년의 전통을 유지하고 있다. 조선시대 한옥 양식을 보존하고 있는 개평마을을 찾아오는 사람들이 많아 개평마을은 함양의 관광지가 되고 있었다.

3

고종명은 어렸을 때부터 개평마을 출신으로서 자부심을 가지고 살아왔다. 그리고 오늘날도 마찬가지다. 고종명의 할아버지께서는 우리나라 마지막 과거시험에 합격한 분이었다. 과거에 합격하여 진사가 된 유학자이며, 유명한 한시인이었다. 그래서 고종명은 할아버지처럼 시인이 되고 싶어했다. 그러나 자신이 남보다 특별한 사람이라는 자존감은 공부를 게을리하고 친구들과 어울려 다니며 완력으로 제압하려고 들었다. 그러다보니 나쁜 친구들과 어울리게 되고 또래 친구들을 폭행하여 고등학교 시절 퇴학처분을 당하여 다른 학교로 전전하여 겨우 졸업하고 서울에 있는 예술대학교의 문예창작학과에 겨우 입학하여 졸업했다. 사회에 나와 신문사 기자 생활을 하면서 사회 곳곳의 부정부패 현상을 취재하여 어렵게 사는 사람들의 손발이 되어주었다. 힘있는 자의 횡포에 의해 억울해도 하소연하지 못한 딱한 사연을 듣고, 정의감으로 그들의 입장에서 서서 기사를 써 보도하였다. 그래서 고종명은 악질 기자로 소문이 나 있었다.

권력을 믿고 가난한 자들을 함부로 대하다가 고종명이 찾아와 끈질기게 괴롭히자 고종명을 권력으로 제압하려 하다가 혼줄이 난 적이 한두 번이 아니었다. 고종명이 그렇게 권력자를 제압하는 기자가 될 수 있는 것은 군대에 있을 때 혁명군부의 첩보업무를 맡은 경력 때문이었다. 일급 국가 비밀 요원으로 남북으로 분단되어 이념 대결을 하는 상황에서 정치적으로 국민들을 속이는 조작 업무를 해왔다. 없던 사실을 있던 사실로 날조하기도 하여 국민들의 관심을 좌우 이념 대결로 쏠리게 하여 여론을 잠재우는 공작정치를 담당하는 실무역할을 해왔던 버릇이 몸에 배어있었다. 그는 정보 수집 활동을 위해 관변 단체를 이용하여 각 지방의 정보를 수집하였다. 주로 대학의 전공을 실려 문화 예술계의 인맥을 활용한 정보 수집을 담당해왔다. 이런 군 경력은 고종명의 우쭐한 자존심을 평생 뒷받침해주었다. 그러나 그의 기자 생활은 평탄하지 못했다. 항상 말썽을 일으켜 그것도 그만둘 수밖에 없었다.

군 시절의 첩보 요원 활동으로 다양한 사람들과 관계를 맺고 살아왔기 때문에 그는 여러 직업을 전전하는 철새 생활을 해야만 했다. 너무 자존심이 강해서 한 직장에 오래 있을 수 없었다. 낙하산 인사로 회사원이 되었을 때에는 직속 상사와 갈등 때문에 분을 참지 못하고 상사를 폭행하여 퇴사했고, 방송국에서 프로듀서로 활동하다가 너무 빡빡하게 돌아가는 규칙적인 생활에 염증을 느낀 나머지 그는 방송국을 그만두었다. 남들은 모두 부러워할 직장을 그만둔 것은 구속을 받기 싫어하는 성격 때문이기도 하지만 방송국 프로듀서의 생활이 자기를 너무 구속하고 있다는 압박감 때문이었다. 이처럼 자유 의지대로 철새처럼 떠도는 방랑 생활의 즐거움 때문이기도 했지만, 남에게 자신을 돋보이게 할 메리트가 없다는 답답함 때문이었다. 그는 이후로도 잡지사 편집장 문화 예술 관련 직장을 두세 군데 전전하다가 그만두었다. 그의 이런 방랑벽은 자신이 남보다 우월한 계급에 속해 있는 전통적인 양반 집안이라는 자존심 때문이었다. 그 자존심은 군 생활까지 그에 합당한 직책이 주어진 것이었고, 군대를 제대하고 그의 적성에 맞는 기자 생활은 그의 자존감을 세우기에 적합했었다.

그러다 보니 배운 것이 권력을 등에 업고 무소불위의 권력을 휘두르는 버릇이 체질화되어 있었다. 그는 이런 성격적인 특성은 잘못 들통이 나면 공갈 협박에 해당하는 범죄였다. 이런 똥뱃장을 구사하는 사람들은 권력 기관에서 오랫동안 길들여진 군 보안대 출신이라든가 특수부대, 국정원 출신, 경찰관 출신들이 퇴직 후에도 이런 버릇으로 사회에 나와 행정직 공무원이나 건설업체 사장들의 어려운 부탁을 들어주는 해결사 노릇을 하거나 의도적으로 접근하여 공갈 협박으로 금품과 편의를 제공받는 버릇이 체질화되어 있었다. 권력 기관에서 퇴직한 사람들은 사회에 나와서도 자신이 높은 신분임을 착각하고 이런 버릇으로 문화 예술계에 기생하고 있었다. 어떤 이는 문예지를 창간하여 문학 권력을 휘두르며 지방자치단체의 문화예술 담당관을 설득하여 유명 문인의 문학상을 만들어 주도권을 행사하는 등 문학을 정치적인 수단이나 도구로 이용하면서 자신의 우월감을 채우면서 사익을 챙기는 무리들이 많았다.

그는 어느새 군 시절의 경험과 기자 생활의 경험을 되살려 어려운 일을 해결해주고 얼마간의 금품을 받는 해결사 노릇을 하고 있었다. 자신과 인맥이 닿는 정관계 인사들과 가깝다는 친분을 내세워 어려운 일들을 해결하고 금품을 받는 해결사 역할을 해오고 있었다. 어찌 보면 변호사법 위반 행위나 공갈 협박, 사기죄에 해당하는 범죄를 저지르고도 양심의 가책을 느끼지 못하는 사람들이 민주화가 된 오늘날에도 기생충처럼 곳곳에서 공공의 이익을 저해하는 사회악으로 존재하고 있었다. 이들은 지킬 박사처럼 사회적인 명망을 유지하기 위해 문화 예술을 정치적인 수단이나 자기 과시 행사로 위장하는 것이었다. 그러나 이런 일은 항상 긴장할 수밖에 없었다. 알다시피 정치인들은 표리부동한 사람들이 많아 결국 원숭이도 나무 위에서 떨어진다는 속담대로 정치인의 함정에 걸려 모든 재산을 탕진하고 무일푼의 신세가 되어버린 것이었다.

새가 날개를 꺾이면 날 수 없듯이 천성적으로 친밀감을 형성하여 원만한 인간관계를 형성하고 살아온 그도 옛날의 위력을 발휘할 수 없었다. 재력이 없는 사람들의 말은 힘이 없었다. 옛날의 위력을 발휘했다는 푸념을 늘어놓는 그의 이야기를 끝까지 들어줄 사람은 아무도 없었다. 그는 늘 외로웠다. 그럴수록 그는 유학자이신 할아버지의 기대에 미치지 못하는 자신이 초라해져갔다. 할아버지께서 손주를 사랑하시어 너는 고종명의 복을 누리고 살아라 하는 깊은 뜻으로 고종명이라는 이름을 지어주셨는데 고종명을 할 수 있을까 하는 의문이 생기기도 하고 고종명할 수 없을까하는 불안감이 들기도 하는 것이었다. 그것도 오늘날은 정치적으로 불안한 상황이 연속되기 때문이고, 제 명대로 살다가 편안하게 죽을 수 있는 고종명의 복을 누리는 사람이 점점 줄어들고 있기 때문이었다.

4

과학 문명은 사람의 생활을 편리하게 만들었지만, 문명의 이기를 편리하게 이용하는 대신 고종명할 수 있는 복을 앗아가기 때문이다. 뒤늦게 부모님을 불의 화재 사고로 모두 잃었다는 사실은 편리한 과학 문명을 누리는 대신에 각종 사고의 위험을 감수해야 한다는 엄연한 사실을 부인할 수 없는 것이다. 그리고 질서가 무너지고 있었다.

화재 참사 10주기 위령제에 참가하기 위해 함양에 도착한 시각은 정오 무렵이었다. 항상 오후 6시에 위령제가 열리기 때문에 여유가 있었다. 우선 버스터미널 부근의 음식점에 들려 점심식사를 하면서 위령제가 열리는 때까지 남은 시간을 어떻게 보낼지 결정하기로 했다.

눈은 이제 제법 쌓여 온 세상이 소복을 입고 있었다. 식당 문 앞에서 그는 옷에 묻은 눈을 털고 머리에 쌓인 눈을 털었다. 구두 신은 발을 탁탁 털어내고는 식당 문을 열었다. 식당 가운데 석유난로가 열기를 내뿜고 있었다.

"어서 오세요. 눈이 많이 내리지요"

"네, 국밥 한 그릇 주세요."

주인아주머니는 아주 상냥했다.

"오늘이 화재 참사의 날이네요. 이렇게 눈이 많이 오는 날인데도 그것도 목욕탕에 불이 나서 사람들이 많이 죽었어요, 세상에 안심하고 살 곳이 없는 것 같아요."

"왜 불이 났나요?"

"전기 누전이라고 하던데요."

그랬다. 목욕탕에 불이 나서 사람이 죽다니 정말 어이가 없는 일이었다. 세상은 엉뚱하게도 재난이 일어날 수 없을 곳에도 사고가 일어날 수 있다는 것이다. 고종명은 생각했다. 죽음의 그림자가 곁에 있는 줄도 모르고 천년만년을 살 것처럼 제 욕심을 채우려고 안달하며 사는 것이 우리 인생이 아닌가? 그것처럼 재난은 우리가 생각하지 않는 엉뚱한 곳에도 있었다. 그러면서 사람들은 죽음에 대해 생각하지 않았다. 그런데 개평마을에 터 잡고 살아왔던 분들은 전통 한옥을 남겼다. 그리고 자신의 학문을 후학들에게 전수해 육백년이 지난 오늘까지도 죽지 않고 찾아오는 사람들을 맞고 있는 것이 아닌가?

불의의 사고로 죽음을 맞이한 고종명의 부모님이 돌아가신 사건
을 식당 아주머니가 기억하고 있다는 사실에 고종명은 놀랐다. 그
렇지만 식당 아주머니는 죽은 사람이 누구인가는 모른다. 알 필요
가 없는 것이다. 사건만 기억할 뿐이었다.

그는 점심을 먹고는 상림원으로 향했다. 항상 함양에 오면 상림
원을 들리는 것이 습관이 된 것이다. 예전에 비해 상림원은 많이 정
비가 되어있었다. 산책로가 깔끔하게 다듬어져 있었고, 부근에 불
로폭포와 해마다 산삼축제를 개최하는 함양산삼주제관 등이 들어
섰고 수변공원이 가꾸어져 있었다. 함양은 산양산삼이 많이 재배
되는 고장으로 널리 알려진 고장이다. 그래서 산양산삼을 재배하
는 농가와 각종 임산물을 판매 목적으로 해마다 산삼축제를 열고
있었다.

눈이 내려 상림원의 숲이 눈으로 덮여 장관을 이루고 있었다. 그
것은 이 세상의 풍경이 아니라 또 다른 이상 세계를 연출하고 있었
다. 고종명은 상림원의 산책로를 따라 걸으면서 옛 생각에 빠졌다.

5

함양 예술회관 앞에는 이미 정치인들이 보내온 조화가 세워져 있
었다. "제10주기 함양 화재 참사 희생자 위령제"라는 현수막이 몇
군데 걸려있었다. 저녁 6시는 어둠이 짙어져 예술회관은 전등불이
환하게 켜져 있었다.

고종명이 들어서자 참사 희생자 가족들이 이미 와 있었다. 그들
은 모두 검은 옷을 입고 있었다. 혼자 참석한 사람은 고종명 혼자
였다.

"고종명, 오랜만이네. 잘 지냈는가?"

희생자 가족 중 함양의 고향에서 살고 있는 고등학교 동창인 노

수철이 반갑게 고종명을 맞아주었다.

"여전하네, 노수철"

"안으로 들어가세."

군수와 의장이 인사말에 이어서 희생자 가족 대표로 노수철이 연단에 나와 말을 이었다.

"해마다 오늘이 되면 우리들은 죄인이 됩니다. 허술한 소방대책으로 가족을 잃은 저희들은 앞으로 이런 일이 되풀이되지 않도록 당국에서 힘써 줄 것을 부탁드립니다. 소잃고 외양간 고치는 격이 되더라도 이런 억울한 참사는 수많은 가족들에게 고통을 안겨주기 때문입니다."

노수철은 눈물을 흘리며 제단 위의 촛불을 붙이고 내려왔다. 차례대로 희생자 가족들이 제단으로 올라와 촛불을 켰고 묵념을 올렸다. 그렇치 안 해도 일부러 군에서 해마다 희생자 가족의 슬픔을 위로하고 다시는 이런 참사가 일어나지 않게 경각심을 일깨우기 위해 위령제를 개최해준다는 것이 고마울 뿐이었다, 이렇게 군에서 위령제를 열어준 것은 모두 고종명의 정관계 고위층 인사를 동원한 덕분에 오늘까지 열 차례의 위령제를 열어준 것이었다.

당시 고종명은 사건이 일어났을 때 군수와 경찰서장, 소방서장의 임무 소홀로 일어난 인재라고 몰아붙이고 정부의 고위층 인사와 정계의 거물들을 움직여 압력을 넣었다. 그때 함양의 관직을 맡고 있는 우두머리는 자신의 목이 달아날 것을 염려해 불똥이 떨어진 것이었다.

그에게 그들은 매달렸다. 장례비는 물론 목욕탕 주인에게 민형사상 책임을 물어 보상책을 마련해주겠다는 등 군민들에게 경각심을 주기 위해 희생자 합동 위령제를 열어주겠다는 조건을 내걸고 고종명을 붙잡고 통사정을 했었다.

"어떻게 사죄를 드려야 할지 모르겠습니다만 함양의 명문가로서
의 명예에 누를 끼치게 해드린 점에 대해 죄송할 뿐입니다. 저희들
의 목이 달아나게 생겼으니 제발 위선의 분노를 잠재워주셨으면 합
니다."

참사를 당하신 부모님의 운이 없으신 것이라는 생각이 미치자
이미 엎질러진 물을 주워 담을 수 없듯이 참사로 인해 많은 사람들
이 일자리를 잃게 되게 하는 것을 돌아가신 부모님이 원하시지 않
을 거라는 생각이 미치자 분노를 참아낼 수 있었다. 그들의 요구대
로 인사상 불이익을 철회해주기로 마무리했다.

고종명의 정치적인 수완과 영향력을 희생자 가족들은 잘 알고 있
었다. 그래서 해마다 화재 참사 합동 위령제에 참석한 그에게 항상
고맙게 생각하는 것이었다.

합동 위령제가 끝나고 그는 함양에 오면 늘 머물다가는 호텔로
향했다. 내일이면 친구인 노수철의 승용차로 고향 개평마을을 찾
아갈 작정이었다.

해마다 위령제가 있을 때면 항상 승용차를 몰고 왔지만, 이번에
는 고속버스를 이용해 함양에 왔기 때문에 노수철의 도움을 빌릴
수밖에 없었다.

6

다음 날 아침 9시 노수철이 승용차를 몰고 호텔 앞에 와 대기하
고 있다는 연락이 왔다. 고종명은 서둘러서 짐을 챙겨 로비로 내려
왔다.

호텔 로비에 기다리고 있던 수철이 미소를 지으면 다가와 말을
걸어왔다.

"종명이, 어젯밤 잘 주무셨나?"

“물론.”

“어젯밤 자네와 같이 술 한잔하는 건데, 가족과 함께 오는 바람에 미안하게 되었네.”

“아니야. 오늘 자네에게 신세 지는 것만으로도 미안하기 그지없네.”

그들은 함양읍에서 이십여 분 떨어진 고종명의 고향인 개평마을을 향했다. 그들은 개평마을의 이곳저곳을 돌아다녔다. 고종명이 살던 개평 마을에 있는 고종명의 집은 부모님이 돌아가시자 팔아버렸다. 그곳에는 다른 사람이 살고 있었다.

“이 집이 자네가 살던 집이었지.”

“그래.”

“팔지 않고 그대로 두었으면 좋았을 텐데……”

“아니야. 도저히 관리가 안 되어 안 되겠더라고, 자주 내려오지도 못하는데 빈집을 그대로 둘 수 없어서 그냥 처분해버린 것이네.”

고종명도 노수철의 말에 일리가 있다는 생각을 했다. 서울에서 이곳에 내려와 여생을 보낸 것도 좋을 것이라는 생각을 하지만 고종명의 아내는 분명 내려오지 않을 것이 뻔했다. 아내가 내려오지 않은데 고집할 수도 없고 늙을수록 대도시 병원이 가까운 곳에서 살아야 한다는 말이 있듯이 그렇다고 청승맞게 혼자 내려와 살 수도 없는 노릇이었다.

“이보게 수철이 난 이 마을에 오면 내가 헛세상을 살아왔다는 것을 새삼 반성하고 주눅이 들곤 한다네.”

“사람 사는 것이 다 그렇지 뭐, 뭘 그렇게 심각하게 생각하는가 그려.”

“아닐세, 우리 조부님께서 날 고종명하라고 이름까지 고종명으로 지으셨는데, 난 이 세상에 남긴 것이라고는 내 자존심을 남기느라고 남에게 피해만 주고 살아온 것만 같네 그려."

"아니야. 자네 덕분에 화재 참사 합동 위령제가 해마다 열리지 않는가? 자네를 모르는 사람이 함양바닥에는 없을 걸세."

"그래도 인산 죽염처럼 함양에 죽염 공장을 세워 우리나라 사람들의 건강에 도움을 주는 이로운 일을 하는 사람이 되든지 우리 조부님처럼 한시를 남겨 개평마을의 전통을 잇는 인물이 되어야 하는 건데 난 아무것도 이루지 못했어."

고종명은 수신제가라는 말이 있듯이 수신도 못하고 그렇다고 제가도 못했다는 자괴감이 드는 것이었다. 그런 인물이 치국평천하를 꿈꾸며 실속 없이 정치인들의 뒷꽁무니를 따라다니며 권력을 휘두르는 즐거움으로 살아온 자신이 부끄러워지는 것이었다. 그러나 이제 문제는 전통의 단절로 그동안 이어온 조상님의 산소를 돌보는 일도 젊은 세대들은 관심이 없었다.

십시일반 가정마다 얼마간의 돈을 갹출하여 제수비를 충당하게 물려준 문중의 재산들도 산업화로 모두 대도시로 이주하는 바람에 고향에 남아있는 소수의 문중 사람들이 독차지하게 되어 있었다. 고종명의 세대까지는 부모님의 산소를 찾아와 성묘를 하지만 고종명 자신이 죽으면 자신의 자녀들은 자신을 찾지 않을 것이라는 생각에 전통의 단절은 곧 자신이 살아있어도 죽은 것과 다름이 없다는 것을 새삼 깨닫는 것이었다.

"이 사람아. 죽은 뒤에 기억해주는 사람이 얼마나 되겠는가? 나도 그렇지만 자네 고종명도 마찬가지 아닌가? 자네 마을에 일두 정여창과 같이 이름을 남기신 몇 분을 제외하고는 그냥 잡초처럼 이름 없이 살다가는 거지 뭐."

"내가 욕심이 지나쳐 헛꿈을 꾸면서 권력을 휘두르면서 자유의지대로 살아왔고, 내 자존심을 지키느라고 많은 사람에게 고통을 주며 살아온 내 자신이 부끄럽네, 남에게 베푼다는 핑계로 고통 받는 사람들의 해결사 노릇을 한다고 자신을 합리화하고 자부심을 느끼면서 살아왔지만, 결국 그런 일 자체가 나의 존재가 우월하다는 것을 남에게 과시하는 행동에 지나지 않았단 말일세.”

“너무 그렇게 심각하게 생각하지 말게. 요즈음 정치인들을 보게나 다들 죄를 짓고 합리화하면서도 떳떳하게 살아가지 않는가? 자네답지 않게 너무 의기소침해하지 말게나. 그나저나 이제 점심때가 되었으니 읍내로 돌아가세”

고종명은 친구인 노수철과 개평마을을 돌아보고 남계서원을 들려 다시 늦은 점심을 먹기 위해 함양읍내로 돌아오면서 많은 이야기를 주고받았다.

7

서울 집으로 돌아오니 아파트 편지꽂이에 편지 한 통이 꽂혀있었다. “한국수필”이라는 출판사였다. 편지를 펼치니 원고 청탁서였다. 가끔 고종명은 수필을 여기저기에 발표하였기 때문에 원고 청탁이 온 것이었다.

고종명은 “사후 세계를 걱정하며”라는 제목으로 노수철과 나눈 이야기를 골자로 수필을 쓰기 시작했다.

사후 세계를 걱정하며
고종명

조상들을 섬기는 전통 문화가 이제 단절되는 것 같다. 고령 사회, 청년들의 일자리 부족, 만혼과 독신 가정의 증가. 출산율 저하 등등 풍요 속의 빈곤 현상은 세대간의 단절로 이어지고 이제 조상들을 모신 씨족 간의 시제 전통도 사라지게 되었다. 젊은 세대들은 조상들의 시제나 직계 가족일지라도 사후에 제사를 지내는 것을 꺼리고 있다. 나만 잘 먹고 잘 살다 가면 그만이라는 극도의 이기심이 젊은 세대들의 공통적인 생각인 것같다. 이들에게는 조상들이 물려주신 문중의 유산을 남의 눈치 볼 것도 없이 팔아서 자신의 것으로 만들어 호의호식하는 것에만 관심이 있는 것 같다. 문중 재산을 노리고 법정 싸움이 곳곳에서 일어나고 있다. 이 세대가 지나가면 이런 법정 싸움은 없어지고 몇 사람이 독차기하고 말 것이다. 현행 문중법을 개선하여 법인체 성격으로 불량한 자손이 제맘대로 처분할 수 없도록 법안을 마련해야 할 것이다. 그렇지만 법안을 상정할 국회의원들이 자신의 입지에 손해가 되는 이 일을 들고 나서지 않는다. 문중법이 신설되어 전통이 지속적으로 유지될 수 있도록 해야 한다는 사실을 모르는 사람이 없다. 고양이 목에 방울 달겠다는 동물이 없듯이 문중 법안을 발의하고 법안을 상정할 나라 일꾼은 이 일을 서로 기피한다.

네 이름은 고종명, 한학자이며 시인이신 조부님께서 다섯 개 복중에서 하나인 고종명考終命이라는 동음을 이용하여 고종명高種明 성은 고씨요, "밝게 빛나게 울려퍼지는 새벽 종소리라는 종명種明이라고 작명을 해주셨다.

나는 이제까지 나의 자유의지대로 살아가면서 남에게 나의 우월감과 자존심을 고집하며 살아왔다. 문인이 되려고 사후 세계를 걱정하며 예술대학 문예창작과를 전공하고도 창작 활동을 하지 않고 살아왔다. 참 어리석은 삶이었다. 허명를 쫓아 정치인들과 고위공직자들과 어울리며 방탕한 생활을 해왔다. 그 결과가 오늘날 초라한 나를 만들었다. 이제 고종명할 날도 머지않았다. 사람이 제명대로 편안하게 죽음을 맞이할 수 있는 사람은 행복한 사람일 것이다.

나는 사후 세계를 걱정한다. 남들은 종교에 의지하여 사후 세계를 꿈꾼다. 이제까지 헛된 망상에 남의 고통을 나의 고통이라고 합리화하며 그들 편에 서서 해결해준다는 명분으로 살아왔다. 이런 어리석은 발상은 나의 우쭐한 명문가의 자존심을 채우려는 이기심에서 나온 것이 아닐까? 이런 이기심을 합리화하여 나쁜 짓을 저지르면서까지 사회적인 명성을 쌓는다고 발버둥치는 오늘날의 문화 예술계는 마치 일제강점기의 친일활동을 하며 일신의 영달을 꿈꾸고 살아온 사람들과 무엇이 다른가? 나는 이제까지 어리석은 삶을 살아왔다. 나의 사후 세계는 오점을 남기고 말았다. 이제라도 뒤늦게 깨우칠 수 있는 계기가 된 것은 부모님의 화재 참사 때문이다. 나의 부모님께서는 考終命하지 못하고 목욕탕 화재 참사로 돌아가셨다. 도대체 일어날 수 없을 것이라고 생각하는 사건으로 목숨을 앗아간 사건들이 이 세상에는 우연하게 일어나고 있다. 정치, 경제, 사회, 문화 등 모든 분야에서 이런 일들이 벌어지는 것은 인간의 무한한 탐욕이 가져온 재앙이다. 이런 재앙은 앞으로도 끊임없이 일어날 것이다.

이런 수필을 끄적거려서 청탁서를 보내온 한국수필에 보냈다. 오래 만에 기분이 홀가분했다. 밖에는 함박눈이 내린다. 눈은 내려 세상의 더러운 곳도 하얗게 지우고, 백지의 세상으로 바꾸어 놓을 것이다. 나는 물끄러미 창밖의 눈 내리는 모습을 바라보며 사후 세계를 재수정하는 꿈을 꾸었다. 오랜만에 내리는 함박눈으로 즐거운 성탄절이 될 수 있도록 손주들에게 산타 할아버지가 되어 주어야겠다. 올 새해에는 좋은 일만 일어났으면 좋겠다.

이병렬(李秉烈)

는개가 내리던 날

서울 출생, 궁평국민학교, 서라벌중·고, 숭실대학교 졸업.
1978년 7월 월간 〈소설문예〉에 단편 〈영결식〉이 신인상에 당선되며 등단.
1993년 문학박사 학위 취득.
숭실대, 명지대, 인천대, 동덕여대, 부천대, 우석대, 전주교대 등의 학부 및
대학원에 출강.
소설집 〈장군의 꿈〉, 〈교수와 두목〉, 〈아주 특별한 하루〉,
장편소설 〈새로 쓴 춘향전〉, 〈흐르는 강물처럼〉,
문학칼럼집 〈강의실 밖 문학수업〉, 연구서 〈현대소설의 이해와 감상〉,
〈이태준 소설 연구〉, 〈작품으로 읽는 현대소설사〉,
창작지도서 〈변성기의 아리랑〉, 〈끝나지 않은 노래〉
〈소설, 이렇게 쓰라〉, 〈소설, 나는 이렇게 썼다〉 등의 편저서가 있으며,
현재 동리목월문예대학 교수로 있음.

는개가 내리던 날

아, 쓰발, 식은 10시 30분에 시작이라는데 미쳤다고 9시도 안 되어 벌써 집합하라는 거야. 마지막으로 흰 마후라를 매고, 견실도 점검하고, 거울 한 번 쳐다보고…

본부대 기旗는 행보관(행정보급관) 책상 옆에 비스듬하게 세워져 있었다. 아침 조회 때에 이미 지시된 일이었다.

"준형아, 잘 해!"

전임 기수였던 황 병장이 씩 웃으며 말했다. 하긴 제대 말년에 기수 노릇하기가 좀 그랬을 것이다. 지난번 사단장 이취임 행사 때부터 졸지에 본부대 기수를 맡았다.

경비 소대이니 모두 키는 180이 넘는다. '초등학교나 중학교 때 보이스카웃 해 본 사람?' 하며 행보관이 물었을 때 왜 손을 들었을까. 손을 들었어도 나와서 기를 들고 황 병장이 하는 동작을 따라 해 보라 할 때 다른 병사들처럼 좀 어색하게 할 것이지 왜 단번에 숙달된 조교처럼 시범을 잘 보였을까. 그 한 번의 시범으로 나는 황 병장 후임으로 본부대 기수가 되었다. 하긴 사단 기수단의 태극기 기수가 되지 않은 것이 다행이라면 다행이었다. 아, 정말, 모두가 다 운명이다.

기를 받아 행정반을 나오니 짙은 안개에 온통 뿌옇다. 기수단실에서도 기수단이 앞서거니 뒷서거니 막 나오고 있었다. 지휘를 맡은 정 상병이 앞서고 동기인 김 일병과 최 일병이 집총과 사단기를, 두 달 후임인 강 일병이 태극기를 들고 따라 나왔다.

"관물대 치웠냐?"

정 상병이 물었다.

"치우는 시늉은 했어요."

사단 창설기념일이라고 외부에서 손님이 많이 온단다. 혹시 사단장이 생활관에 올지도 모르니 청소를 해라, 관물대 정리해라, 화장실 바닥에 물기를 닦아라, 침상 밑에 신발들 정리해라… 어제 저녁에 한바탕 난리를 피웠었다. 뭔 행사만 있다 하면 늘 치르는 것이기에 그런 명령을 내리는 본부대장과 행보관의 입만 바빴지 정작 생활관의 병사들은 다들 느긋했다. 분대장을 맡고 있기에 정 상병이 물은 것이었다.

"짜식 말하는 거 하고는…… 얼른 가자. 근데 비가 오려면 확실하게 퍼붓던가, 이게 뭐냐 비도 아니고 안개도 아니고…"

"이슬비 같은데요."

사단기를 둘둘 말아 들고 오던 최 일병이 받았다.

"이런 거를 는개라고 합니다."

갑자기 는개라는 말이 내 입에서 튀어나왔다.

"뭔 개?"

"는개라구요. 이슬비와 안개의 중간을 는개라고 부릅니다."

"그런 말도 있냐?"

이슬비와 안개의 중간. 비도 아니고 안개도 아닌…, 아니지, 이슬비도 되고 안개도 되는 는개… 국어 선생이었던 아버지가 언젠가 양수리에 놀러갔다가 만난 이슬비를 보고 그렇게 말했다. 그게 왜 지금 기억이 났을까. 하긴 안개면 어떻고 이슬비면 어떠랴. 비가 퍼붓지 않는 한 군대의 행사는 계획대로 진행되는 것을…

연병장에는 ○○연대 3대대 병사들이 도착해 도열해 있었고, 군
악대도 밍기적거리며 내려오고 있었다. 날이 썰렁하기에 아무런 생
각 없이 야전상의를 입고 내려갔더니 다른 부대 기수들은 모두 전
투복 차림이다. 연습을 지휘하던 대대장이 복장 통일을 하라며 야
전상의를 입고 온 기수들은 모두 벗으란다. 그리고 보니 사단 기수
단 네 명 모두 야전상의를 입지 않았다. 아까 행정반을 나오며 왜
그것이 눈에 뜨이지 않았을까. 아, 정말 쓰발이다. 몇몇이 야전상의
를 벗어 뒤편에 놓았다.

사단장님께 받들어 총, 세워 총, 국기에 대하여 받들어 총, 세워
총, 우로 봣, 좌로 봣……

9시에 시작된 예행연습은 세 차례나 했는데도 30분도 안되어 끝
났다. 하긴 이런 것을 뭐 연습을 한다고…

맨 우측에 군악대가 도열하고 그 옆으로 ○○연대 3대대 병사들
이 각 중대별로 섰다. 그 중앙에 국기와 사단기 기수단이 자리 잡
았다. 각 단위부대 기수들은 도열한 병사들 뒤에 1열 횡대로 맨 우
측에서부터 각 연대기와 포병단기, 대대기 그리고 직할대 기수들이
섰다.

각 중대별로, 혹은 단위별로 다시 지휘자가 나와 연습을 시켰고,
맨 뒷줄의 기수들은 기를 어깨에 걸친 채 뒤편으로 물러나 잔디에
앉아 쉬었다.

강원도 철원의 5월. 춥다는 느낌은 없었지만 간간이 불어오는 바
람에 약간은 한기가 느껴졌다.

아, 쓰발 것들… 다들 야전상의 좀 입고 오지… 그 놈의 복장 통
일 때문에 야전상의를 벗고, 움직이지 않고 앉았으려니 점점 한기
가 더했다.

는개는 더 이상 굵어지지도 옅어지지도 않았다.

10시가 넘으니 본부석 단상에 사람들이 모이기 시작한다. 그런데 웬 민간인들이 저렇게 많나. 하긴 사단 창설 기념일이니 철원군 관내 유지들이 참석했을 것이다. 거기에 전국에 흩어져 활동을 한다는 백골 전우회 회원들도 참석했을 것이다.

그런데 여자들도 보인다. 저 아줌마들은 뭔가. 하긴 내가 그걸 알아 뭐하겠는가. 그저 본부대 기를 올렸다, 내렸다, 그것도 서너 번만 하면 행사는 끝난다. 얼른 마치고 가서 병기 일람표 작성하던 것 마무리해야 한다. 그런데 오늘 점심 메뉴가 뭐였더라. 그 놈의 미역국만 아니면 좋겠는데… 때 되면 먹는 게 남는 것이라는 걸 신병 교육대에서 배웠다.

"3중대에 김다빈 왔나?"

갑자기 오늘 지휘를 맡은 ○○연대장이 본부석 마이크 앞에 서더니 물었다.

"예, 이병 김. 다. 빈."

군기가 바짝 든 목소리가 어디선가 들렸다. 하긴 연대장이 묻는데 그렇게 대답하지 않을 이등병이 어디 있겠는가.

그런데 연대장이 왜 이등병을 찾나?

"일루 올라와라."

올라오라는 명령을 하는 연대장의 목소리가 부드럽다. 아무리 부드러워도 이등병의 입장에서는 하늘같은 연대장의 부름이다. 당연히 앞에총을 하고 뛰어갈 것이다. 단상으로 올라가는 이등병. 단상이건 단하건 이등병은 이등병이다. 곧 상병이 될 내 눈에는 어색하기 그지없다. 저 엉거주춤한 모습…

그런데 저게 뭔가? 웬 아줌마가 그 이등병을 얼싸안는다. 다른 아줌마들도 에워싸고… 그런데 더 가관인 것은 불러낸 연대장은 그냥 물끄러미 바라만 보고 있는 것이다. 웃는지 아니면 화를 내는

지는 멀어서 보이지 않았지만 아줌마들이 이등병을 얼싸안고 있는
데 가만 놔두는 것은 분명 이유가 있을 것이었다.

　아, 어머니이겠구나. 그런데 저 이등병의 어머니가 여기에 웬 일
로?

　지난주의 일이 생각났다. 한창 서류상의 수치를 끼워 맞추고 있
는데 행정반 전화가 울렸다. 행보관이 전화를 받더니 몇 마디 하지
않고 예, 예, 알았습니다를 반복하고는 대뜸 나를 쳐다봤다.

　"야, 박준형, 평일에 뭔 면회야?"

　"……?"

　"아버지가 면회 오셨다는데…"

　아버지가? 금요일에 아버지가? 그런 연락 없었는데…

　"…저는 모르는 일인데요…"

　"잔말 말고 일계장 입고 와. 얼른."

　뭔 일인지도 모르고 생활관으로 가 일계장을 꺼내 입었다. 그런
데 아무리 생각해도 모를 일이었다. 군 실정을 잘 아는 아버지가 평
일에 면회를 올 리는 없다.

　과거 이력이 궁금할 정도로 아버지는 군에 정통했다. 그리고 그
러한 경력이 친지나 친구의 아들들이 군에 갈 때에 커다란 힘을 발
휘했다. 누구네 아들이 군에 간다는데… 아버지에게 연락이 닿으
면 아버지는 그 아들이라는 사람의 주민등록번호만 가지고 언제
어디로 입대를 한다던가, 아니면 어디에 배치될 것이라고 알려줬다.
아무리 군이 민주화가 되었다고 해도 끼리끼리 통하는 것인지, 그
끼리끼리에 아버지도 한 다리를 걸치고 있는 것인지, 아니면 그저
남들보다 조금 먼저 소식을 아는 것인지는 몰라도 주변에서는 아버
지의 그러한 힘을 아주 적절하게 활용하고 있었다.

그러나 아들인 내 문제에서만큼은 친척이나 친구 아들들 알아봐 주던 아버지가 전혀 아니었다.

"당신은 친구 아들들은 잘도 알아보더니 정작 준형이는 왜 그렇게 모른 척하는 거에요? 누가 보문 내가 데리고 온 자식이라 하겠네…"

오죽하면, 요즘 세상에 그렇게 남편에게 쥐어 사는 여자 없다고, 보기 드물다는 말을 듣는 어머니가 나서서 아버지에게 역정을 냈을까.

"아, 남들 다 가는 군대… 더구나 요즘 군대가 얼마나 좋아졌는데… 뭐가 걱정이라고. 요즘은 애들이 더 잘 알아서 해. 지가 잘 알아서 휴학하고 신청했겠지…"

군 입대를 앞두고 휴학을 할 때에도 그랬고, 306보충대로 입소할 때에는 물론이요 강원도 철원으로 배치가 되어 훈련을 받게 되었을 때에도 아버지는 아무런 소식을 주지 않았다. 대신 훈련을 받는 5주 동안 어머니가 독수리 타법으로 한 번, 컴퓨터와 인터넷에 제일 능통한 누나가 세 번 보냈을 뿐인데 아버지는 내게 아홉 번 인터넷 편지를 보냈다.

애비다.

보충대에서 입소식이 끝나고 체육관으로 향하는 너를 들여보내고는 터덜터덜 걸어가는 네 뒷모습을 보고 있을 수가 없어 잠깐 바라보다가 이내 발길을 돌렸단다. 힘차게 마지막 포옹을 하고 너는 환하게 웃으며 갔지만, 가방을 멘 네 어깨가 자꾸만 축 늘어져 보여 차마 바라보고 서 있기가 힘들었단다.

요즘 군대 편해졌다, 남들 다 가는 군대 뭐가 그리 두려우랴, 사나이 대장부로 만들어주는데 얼른 다녀와야지, 하고 쉽게 말은 했지만 돌아서 가던 네 얼굴이 며칠째 자꾸만 떠올라 마음이 심란한 것을 보면 나도 어쩔 수 없는 애비인 모양이다.

보충대를 떠나 백골 사단에 배정되었고 신병교육대에 도착했다는 소식은 중대장이 보낸 문자를 통해 알고 있었지만 오늘 누나가 알려준 대로 〈백골비호〉라는 Daum의 카페에 가입했고 그 카페를 통해 훈련병 복장의 네 사진을 보고 참 반가웠단다. 게다가 그 카페를 통해 이렇게 편지를 쓸 수 있으니 얼마나 좋으냐.

그러고 보니 벌써 1주차 교육이 끝나고, 2주차 교육이겠구나. 지금 네 기분이 어떨지, 무슨 교육을 어떻게 받고 있을지, 그리고 군에 입대하여 그런 교육을 받으며 어떤 생각을 할지 눈에 선하구나. 그런데 벌써 2주차 잖니. 금방 간다. 그리고 그 과정 속에 그냥 아들에서 사내 대장부로 만들어진단다.

네가 보낸 옷가지들은 네 누나가 받아서 모두 해체하여 엄마 눈에 안 뜨이게 했다는구나. 엄마 마음이 아플까 봐. ㅎㅎㅎ 누나 마음 쓰는 것이 얼마나 이쁘니. 너도 신병교육대 교육 끝나고 아니면 교육 중에라도 기회가 주어진다면 먼저 엄마에게 연락하여 마음을 조금이라도 편하게 해 주려무나. 남자와 여자, 아버지와 어머니 마음의 차이, 알겠지?

백골사단 신병교육대. 그곳 마을이 눈에 선하다. Google 지도 펴놓고 그곳을 한참 바라보았다. 몇 걸음이면 갈 수 있을 만큼 가깝게 느껴진다. 훈련받다 지치면 하늘 한 번 쳐다보렴. Google 위성을 통해 하늘에서 너를 바라볼지도 모르니까. ㅎㅎㅎ

오늘은 요기까지만. 누나한테도 편지하라고 했다.
내 아들 준형이 으랏찻차 파이팅~~!

○월 ○○일 애비가 썼다.

하늘을 올려다보라고? 구글 위성을 통해 아버지가 내려다보고 있다고? 하긴 각개전투 훈련 중에 철조망을 통과하다가 정말 힘이 들어 잠시 하늘을 한 번 쳐다봤었다. 햇빛이 너무 뜨거워 얼굴을 잔뜩 찡그렸지만. 정말 구글 위성으로 아버지가 봤을까? 그걸 믿을 정도로 나는 순진하지 못하다.

'애비다'로 시작하는 편지는 먼저 받은 편지를 서너 번 읽었을 때면 어김없이 전달이 되었다.

누구든 쉽게 말하지, 남들 다 하는 군생활이라고. 흔히들 말하지, 요즘 군대 참 편해졌다고. 그러나 그것도 군 생활을 마친 사람들의 말이지 정작 지금 이 시각 군에 있는 사람들은 느낌이 다를 것이다. 아마 네가 제대하게 되면 아주 편안하게 애비도 엄마도 남들에게 군대 참 편해졌다더라고 말을 할 수 있을 게다.

그런데 잠시만 옆을 보아라. 바로 1중대에 입소한 훈련병들… 너희들보다 1주일이 늦었다. 어쩌면 2중대에도 새로 입소한 훈련병이 있는지 모르겠구나. 그들은 너희들보다 2주가 늦었지. 그들을 보며 너희 중대 훈련병들끼리 농담을 했을 게다. '나 같으면 탈영한다…'고. 1주일 혹은 2주일 먼저 시작했다고, 그들보다 1주일, 2주일 먼저 제대하게 된다고 그런 소리들을 하지. 그것이 바로 지나간 시간에 대한 느낌이다.

먼 훗날, 입대하는 동창생들 혹은 후배들을 보며 아주 느긋하게 군대 참 편해졌다는 말을 건넬 수 있게 하렴. 그리고 더 먼 훗날, 네가 부모 되어 지금의 엄마 아빠 마음을 생각하렴.

누가 뭐라 해도 나는 네 편이라는 것 잊지 말고.

오늘은 요기까지.

〇월 〇〇일 밤에 애비가 썼다.

훈련소에서 편지를 몇 번 썼다. 사실 별로 쓰고 싶은 마음이 없었지만, 생활관 전체 훈련병들에게 편지 쓰는 시간이라고 편지지와 봉투를 나눠주니 할 수 없이 써야만 했다. 쓰는 김에 하고픈 말을 담았다. 누나에게 보내는 편지였지만 분명 아버지와 어머니도 읽을 것이기에 힘들다, 어떻게 손 좀 써 보라는 말을 행간에 넣었다. 그리고 받은 아버지의 인터넷 편지. 역시 아버지는 나의 기대를 저버리지 않았다.

누나에게 보낸 손편지를 보고 또 본다. 글씨를 참 못쓴다는 생각을 하다가도(아무리 천재가 악필이라 하더라도) 길게 쓴 것을 보면 문장력은 있는 것 같기도 하고… 그리고 세 통의 편지 중에 첫 편지 내용이 자꾸만 애비 마음을 흔든다.

각오는 하고 있었겠지만 막상 들어간 보충대 생활이 조금은 낯설었고 힘이 들었을 게다. 그러다가 도착한 백골사단 신병교육대. 무척 힘들었을 게다. 환경의 변화는 물론 주변의 동료들도 그렇고 너 혼자 마음 같지 않았을 게다. 그것뿐이겠니? 먹는 것, 입는 것, 자는 것… 그리고 온갖 통제까지 너를 괴롭혔을 게다.

그리고는 상상했겠지. 다른 사단으로 간 장정들은 어떠할까. 백골보다는 편하겠지. 왜 나는 그런 곳에 가지 못하고 백골로 오게 되었을까. 부모는 내가 이런 고생하는 것을 알고는 있을까. 나를 좀 더 편한 곳으로 보내주지는 못했을까…… 그런 상상이 너를 괴롭혔을 게다.

그런데 말이다. 분명한 것은 다른 지역, 다른 사단으로 배속받은 장정들도 너와 똑같은 생각을 하고 있었을 것이란 사실이다. 왜냐하면 보충대에 입소하기 전과는 생활과 환경이 너무도 다르기 때문이다. 다른 사단으로 간 장정 또한 그 변화에 민감할 것이고 그 변화는 또다른 상상을 하게 되겠지. 아마 너의 첫 번째 편지 내용과 똑같은 생각을 했을 게다.

군 생활은 더 편하고 덜 편한 곳이 없다. 어느 지역 어느 부대나 대동소이, 도낀개낀이다. 그러니 다 마음먹기 달렸다. 피할 수 없다면 즐기면 되는 것이고, 나 혼자가 아니라 옆에 자는 동료(지금은 거창하게 전우라고 말하지 않으련다) 훈련병과 함께 받는 훈련이고, 얼차려 혹은 기합도 나 혼자 받는 것이 아니다.

나는 그냥 이곳 신교대에서 죽어 나간다는 각오를 할 수밖에 없었다. 다음날 곧바로 받은 아버지의 편지에서는 그것을 더욱 확실하게 깨달을 수 있었다.

어제 저녁 관물대를 정리하다가 신교대에서 받은, 아버지가 보낸 편지 뭉치를 발견하고는 새삼스레 읽다가 '관물대 치우라 했더니 넌 뭐하고 있냐?' 는 황 병장의 핀잔을 들어야 했다.

너도 알겠지만, 애비는 너의 군입대와 관련하여 아무것도 하지 않았다. 그저 제대로 입대 날짜 잘 알아보고 하라는 말만 했지. 왜냐고? 하늘(그것이 예수이건, 부처이건, 아니면 조물주 혹은 창조주라 불리건 나는 그저 이 우주 만물을 관장하는 어떠한 힘이 있다고 믿고 있고, 이를 하늘이라 표현하마)은 내 아들을 필요한 곳에 데려다 쓸 것이라 믿고 있기 때문이다. 다시 말하면 하늘은 하늘이 너를 꼭 필요로 하는 때와 장소에 너를 둔다. 그리고 그것은 네가 내 아들로 태어난 것에서부터 시작됐다.

그래서 나는 하늘을 믿듯이 내 아들, 바로 너를 믿는다. 애비는 비록 지금 이렇지만, 내 아들만큼은 하늘이 정말 귀하게 키워 하늘의 뜻대로 멋지게 사용할 것이라고 말이다.

네가 더운 8월에야 입대한 것, 306보충대로 배정받은 것, 백골사단으로 간 것… 모두가 하늘이 너를 키우는 뜻이라 믿는다.

오늘도 구글지도로 그곳을 바라본다. 삼십 몇 년 전, 내가 여기를 행군했고, 여기를 지프차 타고 지나갔고, 이 부근에서 야영했었지… 하고 말이다.

가장 힘들다는 4주차 교육이다. 건강하게 당당하게 이등병을 만들어보렴.

애비는 하늘을 믿지만 지금 이 순간 하늘보다 너를 응원한다.

○월 ○일 02시에 애비가 썼다.

그런 아버지가 평일에 나를 면회왔단다. 고개가 갸웃거리지 않을 수가 없었다.

복장을 갖추고 다시 행정반으로 갔다. 소대장이 미리 와 기다리고 있었다.

"가자."

소대장이 앞장을 섰다.

"다녀오겠습니다. 백골!"

"빨리 가. 괜히 불똥 튀게 하지 말고."

행정반 앞에는 본부대장 차가 대기하고 있었다. 차를 타고 출발하며 소대장이 물었다.

"처음에는 참모장이 부른다더니 이제는 사단장이 찾는다며?"

"……?"

"신교대에 아버지가 와 계신단다."

아버지가 신교대에? 정말 뭔 일인지 감이 안 잡혔다.

안 그래도 그날 오후에 신교대에 개인화기 여덟 정을 반납하러 갈 예정이었다. 마침 825기 훈련병 수료식이 있고 사단장까지 참석한다고 해서 월요일에 가기로 했었다.

그런데 아들인 내가 이미 수료하고 없는 신교대에 아버지가 무슨 일로?

차는 신교대 정문을 부드럽게 통과했다. 본관 앞에 차가 섰고 이내 소대장 뒤를 따랐다.

신교대 간부 식당 앞.

아, 아버지가 저기 서 있다. 그런데 나를 쳐다보지도 않고 다른 병사들을 안내하고 있었다. 가까이에 가서야 나를 알아본 아버지.

"어, 아들 왔구나. 일찍 왔네."

나를 인계하고 가는 소대장한테 인사를 할 겨를도 없이 신교대장이 어깨를 친다. 아버지가 하는 말을 알아들었겠지.

"예. 일병 박. 준. 형."

내 목소리가 경직될 수밖에 없었다. 훈련병 시절, 내게는 감히 쳐다볼 수 없는 신교대장이 아닌가. 그런 신교대장이 아버지한테는 아주 공손한 자세이니 이게 도대체 어찌 된 일인가.

그것뿐만이 아니었다. 식당 안으로 들어서면서 마주친 ○○연대장에게도 '울 아들입니다.' 였다. 육군 대령. 지금이야 부사단장과 참모장을 종종 마주치지만, 훈련병 시절 딱 한 번 봤던 육군대령에게 아버지는 아주 편안하게 나를 소개한다.

뭐가 어찌 돌아가는 것인지… 아버지는 늘 학생들과 있었는데 여기는 어찌 이리 잘 알고 있는지… 그러거나 말거나 아버지는 내 어깨를 감싸며 식당 안으로 들어가잔다.

첫 휴가 때의 일이었다. 아버지는 컴퓨터 앞에 나를 앉히고는 내가 훈련받은 신병교육대의 사이버 홈페이지인 〈백골비호〉 카페를 구경시켜주었다. 훈련병 시절 아버지가 내게 보냈던 인터넷 편지 원문도 찾아보았고, 여러 게시판에 올라 있는 사진들도 볼 수 있었다.

훈련받는 동안 가족들은 훈련병에게 인터넷 편지를 쓸 수 있었다. 하루 훈련이 끝나고 생활관에 들어오면 제일 기다려지는 것이 가족들의 편지였고, 내무반장 혹은 정훈병이 들고 온 프린트 뭉치와 편지봉투에 모두의 시선이 가는 것은 당연한 일이었다.

아버지도 가입했다는 〈아들사랑 백골사랑〉 카페 회원들의 활동도 볼 수 있었다. 백골사단에 아들을 보낸 부모들의 모임. 그들은 〈백골비호〉 카페에서 만나 부모들만의 공간을 만들어 아들들의 병영생활과 관련한 정보를 교환하고 있었다.

그 중에 눈길을 끈 것은 훈련병 면회 행사였다. 5주간의 훈련 기간에는 면회가 되지 않았다. 그런 훈련병들에게 햄버거, 쵸코파이, 핸드크림… 같은 것을 전달하며 격려를 해 주는 행사. 사진까지 다 봤다. 벌써 여러 차례 했단다.

나는 그저 좋은 일이란 생각에 지나가는 말로 말했다.

"좋은 일들 하시네요. 아빠도 제 용돈에서 딱 5만 원만 떼어서 후원하세요."

내가 그렇게 말했다고 해서 정말로 내 용돈에서 5만 원을 떼고 주지는 않을 것이었다. 다만 회원으로 가입하여 눈팅만 하던 아버지가 부모들의 카페 활동에 조금 적극적으로 나섰을 뿐이었다.

그제서야 이해가 되었다. 이번 수료식부터 신교대 수료생들의 면회가 시작되었다. 그러나 개중에는 가족들이 면회를 올 형편이 되지 않는 병사들도 있었다. 그래서 면회객이 없는 병사들에게 하루 부모가 되어주는 행사에 참여하신 것이란다. 그 행사에 참여한 아버지가 결코 우리 아들도 보자고 청하지는 않았을 것이다. 마침 참모장, 그리고 사단장이 좋은 일 한다며 위문 온 부모들도 아들들 만나고 가라고 배려를 해 준 것뿐이었다.

참모장이 지시를 하고 곧이어 사단장이 명령하는데 누가 거역할 것인가. 각 예하 부대에서는 인솔 간부까지 붙여서 급히 보냈을 것이다. 나 역시 행보관이 전화를 받아 소대장이 인솔했으니… 덕분에 열댓 명의 병사들이 아버지 혹은 어머니를 만나 점심을 함께 먹을 수 있었다. 하긴 그 시간에도 아버지는 내 옆이 아니라 면회객이 없는 수료생과 함께 있었다.

저 이등병도 그런 경우겠지. 창설 ○○주년 기념식에 참석한 어머니. 그 아들을 만나게 해주는 연대장… 뭐 그런 것이 분명했다.

한참을 단상 위에서 부둥켜안고 있더니 이등병이 자리로 돌아왔다.

저 녀석 지금 멍멍 할 거다. 나도 그랬으니까. 생각지도 않게 아버지를 신교대에서 만나고는, 탄약계가 마침 휴가를 가는 바람에 바쁜 것만 생각하고는, 말로는 '아, 바쁜데 뭐하러 오셨어요'라 했지만, 만나고 와서는 그냥 멍했었다. 잠시 꿈을 꾼 것 같았다.

저 녀석도 분명 그럴 것이다. 그런데 그 기분으로 경례 동작에서 틀리지 말아야 할 텐데… 국기에 대한 경례를 할 때 백골 구호 붙이는 것 아닌지 모르겠다. 괜히 내가 더 걱정이 되었다.

'전체 정렬'이라고 마이크에서 울리더니 다시 한 번 전체적으로 점검을 했다.

그리고 정확하게 10시 30분.

"사단장님께서 입장하고 계십니다."

사회자의 보고와 함께 군악대의 취주가 시작됐고, 사단장 뒤로 여러 명의 민간인들이 입장을 했다. 국회의원? 철원군수? 철원군의회의장? 철원교육장? 하긴 내 알 바가 아니다.

"지금부터 보병 제○사단 창설 ○○주년 기념식을 거행하겠습니다. 사단장님께 대한 경례"

사회자의 선언으로 식이 시작되었다.

"사단장님께 대하여 받들어~~~ 총!"

"백골!"

오늘 행사의 지휘자인 ○○연대장의 목소리가 우렁찼다. 간주에 이어지는 연주… 별이 두 개이니 간주가 두 번 울렸다.

생활관에서 이등병이 병장에게 '백골!'이라 구호를 붙이며 경례를 하면 발로, 손가락으로 튕기곤 한다. 그런데 경례를 받는 사단장은 경례 동작뿐만 아니라 목소리에도 절도가 있었다.

“백골!”

기를 수직으로 들어 앞으로 땅과 수평이 되게 하는 동작. 간주가 길수록 오른 팔에 힘이 주어진다.

“세워 총”

이어지는 국기에 대한 경례. 이때에는 ‘백골!’ 구호를 붙이지 않는다.

묵념에 이어 축전 낭독, 사단연혁보고, 창설기념 유관기관 및 장병 포상, 사단장 훈시……

그럴 즈음 비로소 얼굴에 물기가 느껴졌다. 철모에 가려 눈가에 내려 앉지 않았을 뿐이지 양 볼에는 는개가 내려앉았다. 비도 아니고 안개도 아니고, 이슬비라 하기엔 너무 엷고 안개라 하기에는 너무 짙은… 그런 애매함을 는개라는 단어가 아주 명확하게 그 의미를 각인시켜 주었다. 바른 우리말을 쓰라고 강조하는 아버지의 고집을 생각하고는 웃음이 나왔다. 그래 는개. 이게 아버지가 말한 는개다.

“열병.”

행사의 마지막이었다. 사단장이 두 개짜리 성판이 붙어 있는 1호차를 타고 이어 민간인들이 6호차까지 탔다. 연병장 구석에서 출발한 1호차는 지휘부 앞에 잠시 서서 ○○연대장이 타고 다시 출발했다. 지휘자인 연대장이 도열한 병사들에게 귀빈들을 안내한다는 뜻.

연병장 끝까지 간 열병차가 각 중대 앞을 지났다.

“우로 봣!”

“백골!”

절도 있는 동작과 동시에 이어지는 구호들.

각 중대를 열병한 차들이 좌회전하며 4중대 옆으로 유턴하여 뒷

줄로 왔다.

1호차가 막 내 앞을 지나간다. 이미 뒷줄에 들어설 때에 '좌로 봣' 동작은 하고 있었다.

○○연대장이 사단장을 모시고 1호차에 안내 탑승을 했고, 사단장 옆에는 늙수그레한 민간인이 서 있었다. 철원군수? 국회의원? 하긴 그 사람이 누구인들 우리는 사단장에 대한 경례이니… ○○연대장과 사단장이 경례를 받았다. 육군 소장이, 육군 대령이 절도 있는 동작으로 경례를 받았다.

2호차가 지나갔다. 누군지 모를 영감들… 백골 휘장이 붙은 옷까지 입고 있었다. 백골 동지들 모임이 있다는 얘기가 기억이 났다.

바람이 살살 불며 기가 조금씩 펄럭였다. 기를 들고 있는 오른팔에 더 힘을 주었다.

3호차가 지나가고… 4호차.

어? 많이 본 얼굴이다. 그도 나를 알아봤는지 내 얼굴만 뚫어지게 쳐다본다. 만면에 미소가 가득하다. 어디서 봤지?

어? 아버지? 아버지다. 아버지가 여기에 웬 일로?

그럴 리 없다. 그런데 아무리 봐도 아버지다. 자주 못 보던 양복이지만 분명 아버지다. 앞에 선 사람은 모르겠고, 아버지 옆에 선 사람도 모르는 사람이다. 그런데 아버지가 저기에 어떻게 선임 탑승을 했을까.

오늘이 목요일인데… 하긴 강의가 없는 날이라 하더라도 아버지가 사단 창설기념식에 참석을 할 리가 없다. 참석을 했다고 해도 열병차에 타고 이렇게 당당하게 지나갈 만한 위치에 있는 사람이 아니다.

본부석에는 사단장을 위시하여 수십 명이 앉았었다. 각 연대장, 사단 참모, 각 대대장… 내외 귀빈 수십 명. 대령만 해도 몇 명인가.

중령은 그보다 더 많다. 군수나 의회의장, 교육장 등 민간인 기관장도 많다.

그 중에 열여덟 명이 여섯 대의 열병차에 타고 있지 않은가. 본부석 내외귀빈 중에 아버지가 열여덟 명에 속한단 말인가. 그저 공부하고 공부한 것 가르치는 것밖에 모르는 아버지… 내 기억 속에 아버지는 서재에 앉아 책을 보거나 컴퓨터 앞에 앉아 글을 쓰고 있는 모습뿐이다.

그런데 아버지가 열병 차를 타고 내 앞을 지나간다. 본부대 기의 경례를 받으며 활짝 웃는 모습으로 지나간다. 다른 민간인은 거수경례로 답례를 하는데 아버지는 오른팔을 뻗어 엄지손가락을 쳐들어 내게 보인다. 고개를 돌릴 수가 없어 눈동자를 돌려 아버지를 쳐다봤다. 맞다. 아버지다. 저 웃는 모습은… 저렇게 웃는 사람은 이 세상에 아버지밖에 없다. 그런데 아버지가 왜 저 열병 차에…

내가 귀신에 홀렸나? 맞아, 귀신임에 틀림없다. 정신을 차려야지… 는개 때문에 안경에 물기가 있어 시야가 흐렸다. 그렇다고 아들이 아버지 얼굴을 몰라 볼까.

그런데 아버지는 계속 나만을 쳐다보고 있다. 앞의 기를 보며 답례를 해야 할 때에도 계속 나만을 쳐다보고 있다. 너그러운, 아니 뿌듯한 미소를 지으며…

6호차가 사라져갈 때까지 정신이 없었다. 왼쪽의 기수가 바로를 했고 곧이어 6호차가 내 앞을 지나치면 내가 바로를 해야만 했다. 그런데 깜빡했다. 아니 깜빡한 정도가 아니라 하마터면 기를 떨어뜨릴 뻔했다.

멀리 사라지는 아버지의 뒷모습. 어느 아들이 제 아버지의 뒷모습을 모를까. 당신은 새치일 뿐이라고 우기시지만, 흰머리 투성이인 아버지의 뒷머리. 분명 아버지였다.

가까스로 정신을 차리고 부동자세로 섰다. 기를 받쳐 쥔 오른손에 힘이 풀렸다. 내가 정말 귀신에 홀린 것일까. 그런데 귀신이 왜 아버지 모습을 하고 있을까.

본부석에 자리한 사단장을 향해 ○○연대장이 '열병 끝'을 보고하고 있었다.

"이것으로 보병 제○사단 창설 ○○주년 기념식을 모두 마치겠습니다. 부대 열중 쉬어."

"부대 열중 쉬어!"

사회자가 끝을 알렸고 이어 ○○연대장이 열중 쉬어를 외쳤다.

"내외 귀빈께서는 장교 식당으로 이동해 주시기 바랍니다. 버스가 준비되어 있습니다. 한 분도 빠짐없이 오늘의 기념식 환영 오찬에 참석해 주시기 바랍니다."

본부석 민간인들이 자리를 뜨자 ○○연대 소속 병사들은 각 중대별로 움직이기 시작했다. 나야 기를 들고 행정반으로 돌아가면 그만이다.

그런데 내게 귀신처럼 보였던 아버지가 본부석에 서 있다. 몇몇이 함께 서서 나를 바라보고 있었다. 귀신이 나를 부르는 것 같았다.

연병장 옆의 도로를 통해 행정반으로 올라가면 되었지만 일부러 본부석을 향했다. 본부석 계단을 통해 오르면 지름길이 된다. 그런데 그런 생각보다는 무엇인가가 나를 본부석으로 끌어당기는 느낌이었다.

본부석 계단 쪽으로 아버지가 서서 나를 기다리고 있었다. 예의 그 느긋한 웃음을 지으며 마치 나를 부르고 있는 듯했다.

아버지였다. 정말 아버지였다.

"뭔 일이세요?"

옆에 서 있는 사람이 사단장 인사담당 보좌관 양 소령이란 걸 알면서도, 그러니 당연히 '백골!'이라 경례를 해야 함에도 나는 그만 얼이 빠져 아버지에게 물었다.

"울 아들 잘 하던데⋯⋯"

아버지의 말에 양 소령이 미소를 지으며 나를 쳐다봤다.

"백골! 일병 박. 준. 형."

양 소령이 활짝 웃으며 악수를 청했고 나는 얼떨결에 손을 잡을 수밖에 없었다. 옆에 서 있던 아줌마들이 다가와 반가워했다.

아, 이 아줌마들⋯ 지난 번 신교대 수료식 행사에서 봤던 사람들이다. 그렇다면 아버지가 또 아들 사랑인지 뭔지 그 카페의 행사에?

아고 늠름하게 생겼네, 아주 잘 생겼어요, 미남이네요, 아들이 아주 훤칠하네요, 그러니까 경비소대지⋯⋯

듣기 싫은 소리들은 아니었지만 내가 어떻게 해야 할지 몰랐다. 그저 쑥스러운 미소만 지을 수밖에⋯ 아줌마들이지만 나 잘생긴 것은 알아가지고⋯

양 소령이 손전화를 받더니 뭐라 하는 말이 들렸다.

"몇 번 말해야 알아먹냐? 그래. 부관부 상병 조윤수, 참모부 일병 김홍주, 통신대 일병 차승훈, 경비소대 이병 이강건⋯⋯ 다 적었어? 어디긴 어디야, 장교 식당이지."

같은 경비소대였기에 강건이 이름만 귀에 들어왔다. 그렇다면 강건이 엄마가 왔나? 강건이는 지금 작업 중일 텐데⋯⋯

하긴 양 소령이 연락을 하면 행보관이 안 보내곤 못배길 것이었다. 그럼 작업은 누가 하고? 오늘 중으로 창틀에 페인트칠 다 하라고 해놓고 작업하던 놈을 불러 가면 어찌 하라고⋯ 하긴 그 작업을 내가 걱정할 일이 아니었다.

아버지가 자초지종을 이야기하는데 잘 안 들렸다. 안 들린 게 아니라 머릿속에 잘 들어오지 않았다. 문제는 아버지가 지금 사단 사령부 안 연병장 본부석에 나와 같이 서 있다는 현실일 뿐이었다.

미니버스가 기다리고 있었다. 양 소령과 김 상사가 아버지, 어머니들을 안내했고, 나더러도 타라고 했다. 기를 비스듬히 들고 버스에 올랐다.

"그래 아버지 만나니 어때?"

아줌마 중에 한 분이 물었다.

"귀신을 본 줄 알았어요."

대답을 해놓고 보니 내가 한 말이라도 웃겼다. 모두들 웃었다.

"준형 아버님은 미리 연락도 안 하셨어요?"

"허허허…"

아버지다운 답이다.

하긴 연락을 하려고 마음을 먹었다면 아버지는 충분히 연락을 했을 것이다. 행정반 전화번호를 알고 있으니 전화를 했을 것이요, 오지 말라고 해도 주기적으로 와서는 '잘 지내냐?'는 말밖에 모르는 기무부대 윤 하사를 통해도 되었을 것이고, 아니면 헌병대 박중사한테 연락해도 될 것이었다. 아버지가 누구에게 어떤 부탁을 했는지는 모르지만, '쟤네들 이제 그만 오라고 그래라'던 소대장의 말이 아니더라도, 툭하면 찾아오는 기무부대, 헌병대 간부들… 아버지가 마음만 먹었다면 무슨 수를 내더라도 내게 연락을 했을 것이다.

"이렇게 만나니 더 반갑잖아요. 아마 애비가 열병차를 타고 나타날 줄 꿈에라도 생각했겠어요?"

맞다. 꿈인 줄 알았다. 귀신에 홀린 줄 알았다.

잘생겼다느니, 아버지가 멀리서도 아들이 어디에 있다는 걸 알았다느니, 이렇게 얼굴 볼 수 있으니 얼마나 좋냐는 둥 아줌마들의 수다가 이어졌다.

머릿속에서는 온갖 생각들이 요동을 쳤다. 곧 점심시간이다. 아버지는 이 아줌마들과 장교 식당으로 갈 것이다. 그러면 당연히 푸짐한 대접을 할 것이다. 그 자리에 내가 따라가야 하나? 따라가면…?

버스에서 내리자 먼저 올라간 기수단이 본부대 행정반으로 들어가는 것이 보였다. 장교 식당 입구까지 아버지 뒤를 따라갔다.

"엄마한테 전화 좀 자주 해라."

내가 전화할 때마다 아버지가 하는 말이다.

"예."

대답이야 잘 한다.

양 소령이 아버지와 같이 가서 밥 먹으라고 했다.

"…저는 그냥 생활관에 가서 먹을 게요."

본부대 쪽을 흘끗 보며 내가 말하자 아버지가 곧바로 받았다.

"그래라."

역시 아버지다. 아버지는 사단창설 기념식에 초대되어 왔을 뿐 나를 만나러 온 것이 아니다. 나를 만난 것은 그저 덤이었다. 덤은 덤으로 충분하다. 아버지는 그렇게 생각할 것이다.

아버지가 또 내 손을 잡았다. 꽉 쥐어오는 아버지의 손. 한 손으로는 나를 얼싸안았다. 나는 기를 든 채 그냥 안겨주면 된다.

'저도 반가웠어요. 그런데 다음부터는 놀래키지 좀 마세요.'

속으로만 말했다. 아버지가 알까. 아마 아실 게다. 분명 아들이 무엇을 원하는지 아실 게다.

어깨를 감싼 아버지의 팔에 힘이 주어졌다. 나도 따라서 힘껏 아버지를 안았다.

행정반으로 향하다 돌아보니 아직도 아버지는 식당에 들어가지 않고 나를 바라보고 있다. 미소를 지었다.

'그냥 얼른 들어가세요, 아들 걱정 그만 좀 하시구요. 이렇게 잘 지내잖아요.'

속으로만 말했다. 하긴 입대한 아들을 봐달라고 아버지가 누구에게 부탁을 했을 리가 없다. 아버지 친구들이 알아서 기는 것일 뿐. 그걸 나도 안다. 오늘 연락도 없이 온 것을 보면 그게 증명이 된다. 역시 아버지다.

행정반에 들어서니 조윤수 상병, 김홍주 일병, 이강건 이병이 행보관 앞에 서 있었다.

"…그래, 갔다 와."

"예, 차려. 경례! 백골!"

조 상병의 구호에 맞춰 셋이 행보관에게 경례를 했다. 셋이 나가자 행보관이 혼잣말처럼 말했다.

"지난주에 너하고 똑같다. 사단장님이 어머니들을 초대했단다."

사단 창설기념식에 사단장이 부모들을 초대했겠지. 마침 참여한 부모들 중 사단 사령부 내에 근무하는 아들을 둔 부모는 아들들 만나게 배려를 했을 것이다.

우리 아버지도 오셨는데요… 입술까지 나왔지만 참았다. 우리 아버지는 열병 짚차를 타고 나타나셨는데요, 라고 자랑하고 싶었지만 그것도 참았다.

세 명은 장교 식당으로 가서 어머니 옆에 앉아 점심을 먹을 것이다.

나도 지난주에 신교대 간부식당에 가서 아주 푸짐하게 먹었다. 훈련병 위문 행사였으니 피자, 치킨, 삼겹살, 쵸코파이, 던킨 도너

츠… 정말 훈련병들이 좋아할 것들만 차려져 있었다.

그런데 이번 기념식은 사단에서 준비한 것이니 우리들이 좋아할 음식은 없을 것이다. 그러나 사병식당의 짬밥보다야 훌륭할 것이다. 그렇지만 가고 싶지 않았다.

온갖 간부들이 와서 아는 척을 할 것이다. 그러면 나는 거수 경례를 해야 할지 아니면 머리를 숙여야 할지 망설이게 된다. 그렇게 하면서 먹는 점심은 소화도 안 될 것 같았다.

항상 뒤에서 서 있는 아버지다. 그러다가 중요한 결정을 할 때에서야 조용히 그러나 아주 강한 어조로 자신을 드러내신다. 그것을 알기에 부모들 모임에 나가 대표로 열병차를 타고 나타나실 줄은 정말이지 꿈에도 생각 못했다. 아마 아버지도 얼떨결에 타게 되었을 것이다. 그리고 보니 오늘 참석한 부모들은 아버지 외에는 모두 여자들이었다.

식당에서 기수단 병사들과 다시 마주쳤다.

"어, 준형이 장교식당에 안 갔어? 아버지 오셨잖아."

다음 달에 병장을 달 정 상병이 물었다.

"행사 끝나고 잠깐 봤으면 됐지…"

"왜 장교식당에 따라가지 않고?"

"그냥요…"

짬밥 수가 있잖아요, 훈련병이나 이등병들이 가는 거죠… 라고 서로의 눈빛이 말했다.

"조 상병도 갔다던데…"

"울 아버지가 좀 그래요."

말을 하고 보니 이상했다. 울 아버지가 어떻길래. 아들 보고픈 마음이 울 아버지라고 다를까. 양 소령이 권했을 때 내가 사양했고, 아버지는 '그래라'고 했다. 그게 바로 아버지다. 그걸 알고 미리 알아서 기는 나는 아버지 아들이고…

점심을 마치고 병기고에 들렀다가 나오면서 보니 강건이가 행정반을 막 나서고 있었다. 행정반으로 들어서려는 나와 마주쳤다.

"저, 박 일병님."

강건이가 나를 불렀다.

"잘 먹었니?"

나도 아는 체를 했다.

"예. 저… 박 일병님 아버지께서… 그냥 가신다고… 전해달라고…"

그럼 그렇지. 아버지답다. 그런데 강건이 이 녀석 페인트칠 다 하려면 꽤 바쁠 텐데…

행보관이 문을 열고 나오며 나를 보더니 물었다.

"야, 박준형. 너 아버지 오셨다며?"

강건이한테 들었을 것이다.

"예."

"근데 왜 말 안 했어?"

"……"

이럴 때 뭐라고 말해야 하나. 행보관의 어투로 보아 지금 야단을 치는 것은 아니었다. '울 아버지가 좀 그래요…' 라고 입술이 움직였지만 말이 되어 나오지는 않았다.

"뭐라고?"

"…아니요. 그냥 귀신을 본 것 같았어요."

"……?"

행보관이 입가에 웃음을 띠었다. 나도 미소를 지었다.

맞아요. 귀신을 봤다니까요. 아버지 귀신이요. 자주 봐도 좋은 귀신이요.

는개는 깨끗하게 걷히고 하늘이 맑았다. 햇빛이 눈이 시리도록
밝았다. ♣

임　부　택

도로徒勞

서울 출생
울산MBC 경영국장 역임
습작 기간 5년
2025년 서정문학 101호 신인상 수상
소설『꿈꾸는 옥탑방』

도로徒勞

1. 민과 혁

돈돈, 돈이 제일 어려웠다. 민과 혁은 이를 갈았다. 은행을 나오면서 쌍욕을 퍼부은 적도 있다. 그래도 다른 은행을 찾아가서는 고분고분 조건을 수락했다. 실제로 고마웠다. 결혼해야 했으니까. 전셋집을 얻어야 살지 않겠나.

결혼 때 진 빚을 갚느라 한동안 고생했다. 원금은 당연하다 여겼지만 이자는, 이자는 살점이 뜯기는 것처럼 아팠다.

아픔에 익숙해질 무렵 하늘이 열렸다. 돈이 조금씩 모이나, 싶더니 이렇게 벌어도 되는건가? 두려울 정도로 밀려왔다. 윤택한 삶에 빠져들면서 사랑이 희미해졌다. 버는 행위, 불리는 행위가 고귀해지자 다른 건 하찮아졌다. 벌고 불리는 일에 도움이 되지 않는 사랑은 빛을 잃었다.

민은 혁과 초등학교 때부터 알고 지냈다. 학년이 달랐지만 여자인 민이 혁을 일찍부터 좋아했다.

민은 학교 근처 낡은 집에 오랫동안 붙박여 살았고 혁은 이사했지만 멀리 가지는 못 했다. 중학교, 고등학교에 다닐 때도, 대학을 오가는 버스 안에서도 가끔 마주쳤다. 어색한 눈맞춤 말고 한 게 없지만 가슴은 찌릿했다.

학창 시절이 끝나고 직장에 다니면서 어색했던 눈인사가 성숙해졌다. 오래된 관계라 감추거나 숨길 게 없었다. 너무 친숙하고 편안했다. 그들이 카페와 술집을 전전하다 모텔로 장소를 바꾼 건 인간적인 일이었다. 이런 일을 저속하게 여긴다면 인류는 벌써 멸 종했을지 모른다.

수수한 결혼식이 있었고, 신혼생활이 있었고, 아이가 태어났다.

혁은 건설 기술자로 한 회사를 10년 넘게 다녔다. 성실했지만, 월급쟁이는 경영합리화의 예비 인력임을 알고 있었다. 회사를 그만두고 빌라를 지어 파는 사업을 시작했다. 흔히 '집 장사'라고 불렸다.

민은 혁의 도전을 온 힘으로 말렸다. 여자는 지키려는 존재다. 그때 그녀의 지키기가 성공했다면 아마 지금도 꾀죄죄하게 살고 있을 것이다.

혁의 도전은 오래지 않아 괴력을 발휘했다. 운이 좋았다. 여덟 세대짜리 작은 빌라를 지어 분양하는 사업이 물을 만났다. 슬슬 통장에 돈을 불리더니 대박을 맞았다.

더 이상 민에게 직장은 필요 없었다. 너무 좋았다. 직장을 다니며 육아까지 그동안 힘들었다. 혁이 가사 노동을 함께했다고? 애 낳고 딱 '1년하고 쪼금 더'였다. 이후의 가사 노동에 남편은 없었다.

딸이 초등학교에 입학한 날, 행복의 정점을 찍은 날이었다. 자기보다 멋진 옷을 입은 학부모도 자기 딸보다 예쁜 아이도 없었다.

그날 저녁, 혁은 자정을 넘겨서 들어왔다. 가끔 있는 일이었지만 그때마다 미안해하고 그럴 수밖에 없었던 핑계를 주절대던 모습은 사라졌다. 당당했고 뻔뻔했다.

민은 남자들의 일탈을 알고 있었다. 그런 행위가 수컷들에겐 어쩔 수 없는 것인가, 생각도 했다. 그렇다고 이해한다는 건 절대 아니었다. 다만 자신도 그런 욕망은 느낀 적이 있기에 그럴 수도 있겠다, 정도였다.

자정을 넘기는 일이 일상처럼 됐고 외박도 빈도를 높였다. 남편의 그 '영업'이란 건 그냥 '불결함'이었다. 영업, 접대 이외에 다른 이유를 대지 못했다. 대신 목걸이 같은 선물을 내놓으며 얼굴을 슬쩍 붉혔다. 너도 알고 있지 않느냐, 새삼스레 변명하기 싫다, 돈 버느라 어쩔 수 없으니 이해해라, 라는 의미였다. 얼마 지나지 않아 선물을 고르는 것도 귀찮아졌는지 바로 카드를 내밀었다. 얼굴엔 표정이 없었다. 입에선 "뭐든 필요한 걸 사. 좋은 옷도 사 입고"가 새어 나왔다. 그에게 감정은 거추장스러웠다. '돈만 잘 벌면 그만'이란 머릿속에 '아내의 생각' 따위는 공간의 낭비였다.

민은 혁의 늦은 귀가가 시작됐을 때 초동대처를 제대로 하지 못했다. 가끔 외박도 하고 들어왔는데, 이때도 당장 출근해야 한다는 말에 허겁지겁 옷을 챙겨줬다. 사장은 일찍 출근해야 한다는 관념이 민에게 있었다. 저녁에 들어오면 이혼을 불사하고 대판 싸우리라 다짐도 했다. 그러나 결국 크게 싸우지도 못했고 이혼도 하지 못했다. 잔소리, 흔히 말하는 바가지를 긁지 않은 건 아니었다. 다만 그 강도가 약했다. 돈을 많이 벌어 온다는 점이 은연중에 작용했다.

외박은 잦아졌고 새삼스럽게 부부싸움을 일으키는 게 오히려 이상해졌다. '그래. 퉁 치는 거야. 돈은 잘 벌어오잖아. 돈도 못 벌어오면서 바람피우는 남편, 가정폭력을 일삼는 남편도 얼마나 많은데… 그래도 내 남편은 일 때문에 어쩔 수 없어서 그러는 거야.' 자위와 위선은 동의어였다.

돈은 모든 걸 덮을 수 있다고 혁은 생각했다. 민도 한때는 그런가 보다, 했다. 어차피 선악의 기준이 '돈'인 사회였다. 그러나 민은 차츰 버려졌다는 느낌이 들기 시작했다. 남편, 혁에게 민은 부인이었고 딸의 엄마였다. 그뿐이었다. 그의 여자는 이제 아닌 듯했다. 사랑은 추억으로만 남았다.

2. 훈과 수

훈은 '초등교사 임용고시'에 합격하자 서둘러 결혼했다.

훈은 자신이 응시한 도시의 경쟁률에 여러 번 좌절했다. 훈은 결혼을 약속한 여자 수를 너무 오래 기다리게 했다. 언제 그런 약속을 했었는지조차 희미할 무렵 식을 올릴 수 있었다.

동갑 나이에 훈만 믿고 부모님의 성화를 견뎌온 수는 훈의 임용고시 합격에 한없이 눈물을 쏟았다.

훈은 오열하는 수의 어깨를 쓰다듬으며 다짐했다. '죽는 날까지 이 여자만 사랑하겠습니다. 하느님 맹세합니다.' 수는 듣지 못했지만 훈의 치아들은 부서질 만큼 서로를 짓누르고 있었다.

훈은 알 수 없었지만, 수는 훈에게 떳떳할 수 없는 기억이 있었다. 합격자 발표 날 수의 눈물엔 참회의 의미도 섞여 있었다.

훈은 한때 외진 시골에서 기간제 교사로 근무했다. 돈을 벌어야 했고 선생님의 자 감도 느껴보고 싶었다.

사람은 다 똑같다. 몸이 멀어지면 마음도 멀어지는 법이다. 그 길지 않은 1년, 수는 다른 남자를 만났고 빠르게 그 남자에게 끌렸다. 훈이 부족했던 게 그에겐 다 있었다. 다만 그에게는 수가 매력 있는 여자가 아니었다. 게다가 그는 맺고 끊는 걸 제대로 하지 못했다. 그래서 마음을 알리지 못한 채 계속 만나왔는데, 수는 그걸 알 도리가 없었다.

수는 한참의 마음을 허비한 후에야 그 인간으로부터 최후 통첩을 들었다.

"자기, 우리 부모님이 자길 보고 싶어 하셔. 우리 나이도 있고, 결혼을 전제로 만나는 거니까, 부모님께 인사드리고 허락하에 만나면 더 좋잖아."

대답이 없었다.

"자기, 왜 말이 없어?"

수의 몸이 뜨거워지면서 뭔가 잘못됐다는 느낌이 왔다.

"…수, 난 너와 결혼할 마음 없어. 진작부터 가슴에 뜨거움이 느껴지지 않았지만 말하기가 힘들었어. 변명으로 들리겠지만 온기를 살려보려 노력했다고. 그래서 더 자주 만나려 했고, 일부러 스킨십도 진하게 가져보려고 애썼어. 그런데 안 살아났어. 그냥 맹숭맹숭한 상태가 계속됐다고. 이해할 수 있겠어?"

수는 아무 말도 하지 못했다.

"수, 날 놓아줘. 미안해, 나쁜 놈이라고 욕해도 좋아. 미안해, 정말 미안해. 행복하길 빌게."

그는 길을 걷던 중에 바로 뒤돌아서 사라졌다. 너무 허탈해서 눈물도 나오지 않았고 그가 사라진 쪽을 바라보다 그냥 주저앉고 말았다. 가혹한 광경이었다.

수는 그 충격에서 채 보름이 지나지 않은 때에 훈을 찾았다. 일부러 시간을 내서 기차와 버스, 택시를 갈아타 가며 훈의 학교로 찾아갔다. 그러면서 속으로 다짐했다. '내겐 훈밖에 없어. 훈마저 놓치면 안 돼! 잠시 한눈을 판 건 진정한 내가 아냐! 죄의식은… 앞으로 훈에게 더 잘하면 되는 거야. 바보야 잊어! 잊으라니까! 그 개새끼 내 인생에 없었던 거라고!'

소나 닭, 돼지를 사육하는 데서 나는 냄새를 그냥 들이켰다. 속죄의 의식인 양. 그로부터 약 반년 후, 훈은 웃었고 수는 목놓아 울었다. 그리고 그들은 다시 반년이 가기 전에 결혼했다. 훈과 수는 이른 만남에 비해 늦게 결혼했고 뜨거워야 했을 시기에 아픔을 겪어서인지 신혼도 미지근했다. 그러나 건강했던 둘은 바로 아들을 낳았고 잘 키웠다. 선생님이란 직업의 성격 때문인지 몰라도 그들의 가정은 약간 근엄한 분위기를 풍겼다.

그들의 결혼은 거의 수 부모님의 돈으로 이뤄졌다. 작은 아파트를 소유하고 시작했지만, 초등학교 선생님의 수입은 여유가 없었다. 수는 제대로 된 직장생활을 해본 적이 없었고 결혼 후에 돈을 벌겠다는 생각은 아예 없었다. 수에겐 약간의 허영기도 있었는데 이는 살아가면서 더욱 도드라졌다. 훈은 수를 달래고 깨우쳐 가며 살아야 했는데, 지금의 집이 그녀가 가져온 거란 사실은 꼭 해야 할 말조차 막아버렸다.

훈의 거실 벽에는 수의 사촌이 선물한 화려한 만다라가 걸려있었다. 네팔에서 비싸게 사 온 거란 장황한 설명에도 훈은 마음에 들지 않았다. 수의 어머님, 장모는 초파일엔 꼭 절에 가는 분이셨는데, 그 액자를 보자마자 굉장한 보물처럼 거실 벽 중앙에 걸어두라고 명령했다. 수는 어땠는지 모르지만, 훈은 그걸 볼 때마다 현기증을 느꼈다. 빨리 다른 그림을 구해 바꿔 걸리라 마음먹었다.

3. 민과 훈

민과 훈의 만남은 정해져 있었다. 민의 딸, 수진이 2학년이 되었을 때 훈이 담임을 맡았다.

첫날, 교실 뒤편에 늘어선 학부모들은 환한 표정을 짓고 있었다. 두 사람만 빼고 모두 여자였는데 한 엄마가 눈에 튀었다. 이런 자리엔 조금 과하다 싶은 화려한 옷을 입고 있었다.

선생님에게 학부모와 면담은 어려운 법이다. 아빠들은 악수 한 번이면 끝이지만 엄마들은 달랐다. 그녀들에게 남자 담임은 신선했다. 그녀들의 눈빛을 더 맑고 촉촉하게 했다. 남자 선생님이 귀하기도 했지만, 발갛게 상기된 얼굴로 눈을 마주치기도 힘겨워 하는 남자 선생님은 그저 좋았다.

"어머, 우리 애 담임은 남자야. 너무 좋은 거 있지. 초등학교에 전부 여자 선생님만 있다 보니 남자애가 여자처럼 클까 봐 걱정했는데. 근데 마침 남자 담임이라니… 복 만났지, 뭐니."

"남자라고 다 좋은 건 아냐. 친구한테 들었는데 여선생님만큼 섬세하진 못하대. 아이들 가르치는 것도 딱딱해서 재미없대. 상담할 때도 편안하지 않고."

"아냐. 첫날, 교실에서 말하는 걸 보니까 열정이 있어. 그리고 3학년 올라갈 때까지 올 필요도 없대. 자기한테 맡겨달라고 했어. 필요하면 언제라도 전화하래. 얼굴도 잘생기고, 음… 키도 훤칠하고."

"야! 넌 애를 맡기러 가서 뭘 보고 온 거야? 선생 얼굴과 키가 왜 나와?"

"그렇다는 거지, 뭐. 이상하게 생각하지 마. 개별 상담 때 그 선생님, 얼굴이 빨개져서 나와 눈도 못 맞추더라. 호호호. 절로 웃음이 나왔어. 참 순진한 남자구나, 생각했지. 호호호."

"너, 진짜, 이상한 생각 하면 안 돼. 네 아이만 생각하라고. 어쩌다 운 좋게 남자 담임 만난 일로 너무 들뜨면 곤란해. 알겠니?"

"알았다, 알았어. 이년아, 내가 뭘 어쩐다고. 내가 우리 애만 생각하지, 그럼 뭘 생각 하겠니? 미친년! 지가 더 흥분하고 있네. 흥!"

한 엄마가 친구와 통화하는 걸 엿듣다 보면 훈은 엄마들에게 매우 순진한–남자–담임이었다.

민의 남편, 혁은 자기 아내를 믿었다. 가정을 깬다는 생각은 한

번도 해보지 않았다. 다만, 여자로 느껴지지 않는 건 부부가 10년 쯤 살다 보면, 다 그런 거라고 이상하게 생각하지 않았다. 자기는 돈을 잘 벌고 아내가 풍족하게 쓰도록 해주고 있으니 아주 괜찮은 남편이라고 자부하고 있었다. 민은 엄마요 주부니까, 애나 잘 키우고 가정이나 잘 지키면 그만이라 생각했다.

민은 혁과의 관계에 대해 고민했다. 자신이 혁과 부부란 사실은 틀림없었다. 둘 사이에 딸이 있었고 뜸하긴 했으나 유원지나 놀이공원에서 사진도 찍었다. 가족임을 잊지 않도록 해주는 일이기도 했다. 그러나 부부관계는 두서너 달에 한 번쯤 하는 의무로 변해있었다. 마지못해서 하고 대주는 관계는 역겹기까지 했지만, 그마저도 없으면 안 될 것 같았다.

훈 부부는 표면적으론 알뜰하게 살았다. 훈의 월급이 그들이 쓸 수 있는 한도였다. 수의 과소비 욕구는 가끔 그녀의 엄마가 나서서 해결해 주었다. 그때, 훈이 할 일은 장모님의 생색, 위세 같은 걸 견디는 것뿐이었다. 수는 남편의 자존심 같은 건 알려고도 하지 않았다.

수를 보는 훈의 마음이 차츰 식어가는 건 권태기와는 관계가 없었다. 결혼한 지 10 년도 넘었지만, 수의 살림 사는 모습은 막 결혼했을 때와 똑같았다. 그나마 다행은 아들의 교육과 건강에 굉장한 신경을 쓰고 있다는 것이었는데, 영재교육, '신체 조기 발달교육', '원어민 커뮤니케이션 스쿨' 등에 아이를 들이밀었다. 훈은 이것조차 비웃었지만, "외할머니가 교육비를 대는 거니까 당신은 아무 소리 말아요!"라는 말에 입을 닫았다. 수는 남편 훈이 선생님이란 걸 잊고 살았다.

훈은 집에 들어오면 저절로 말 없는 사내가 되어야만 했다.

4. 욕구와 현실

민은 결혼생활에 환멸을 느꼈고 절망하다 못해 복수를 꿈꿨다. 혁이 자신에게 해 온 방법과 똑같이 되갚아 주겠다고 결심했다. 그러자 강렬한 욕구가 솟구쳤다. 가슴속에 작은 불덩이 하나가 타올랐다. 빨리 끄라는 아우성도 들려왔지만 그러고 싶지는 않았다.

민이 훈을 찾아간 건 다분히 의도적이었다.

남자에 대한 욕구와 혁에 대한 복수는 분리할 수 없는 거였다. 어쩌면 앞선 욕구가 진짜고 뒤에 따라나선 복수는 합리화일 뿐이란 생각도 했다. 그러나 금방 출발이 복수였음을 깨닫자, 고뇌는 바로 사라졌다. 이어 훈을 선택하길 정말 잘했다는 생각이 들었다. 섬세하고 다정할 것 같은 남자, 비슷한 나이, 접근하기 쉬운 마음에 드는 표적이었다. 딸의 담임이란 점만 빼면.

시작은 공상이었다. 머릿속 불륜 영화. '12금'에서 출발한 '할 수도 있겠다'는 '18금'에 다다르면 억지로 변하고, 바로 뒤쫓아 온 회의감에 고꾸라졌다. 그래도 자꾸만 상상을 반복하게 되자 엉성한 시나리오 같은 것도 만들 수 있었다.

"수진이가 학교에서 오면 표정이 좋지 않아요. 친구들과 잘 지내지 못하는 것 같아요. 선생님께서 특별히 관심을 기울여 주셨으면 합니다. 우리 수진이는 예민한 아이라서 아주 작은 일에도 상처를 받아요. 그래서 친구들과의 관계도 힘들어하는 편이에요." 엄마의 간절한 목소리가 적당한 톤을 지켜가며 일부러 찾아온 목적에서 벗어나지 않았다.

"수진이는 예쁘고 똑똑합니다. 친구들 가운데 두드러지고 튀는 아이예요. 아이들의 질투, 질시도 어른들 못지않게 무서워요. 그렇다고 아직 어린애들이 직접 폭력을 쓰거나 욕하진 않습니다. 그냥 무관심한 척하는 거죠. 실은 그게 다예요."

그렇게 신경 쓸 정도의 일이 아니라는 얘기였다. 말이 길게 이어졌지만 '우리 애 잘 부탁합니다' 로 끝나가고 있었다.

민의 딸은 누가 봐도 예쁜 아이였다. 그냥 인형이었다. 예쁜 딸의 엄마도 당연히 예뻤다. 상담이 끝나갈 즈음 훈은 용기를 내서 민의 얼굴을 제대로 바라봤다. 눈이 마주 치고 민의 눈동자에 새겨진 자신을 발견했을 때, 생각이 들었다. '이 여자가 딸의 보호 이상의 것을 원하나?' 라는 의문. 그러나 훈이 할 수 있는 일은 아직 없었다.

딸, 수진을 생각하면 담임 선생님과의 관계는 엄중해야 했다. 그러나 남편에 대한 분노에서 촉발된 욕구는 의외로 강했다. 남편이 집 밖에서 저지르는 방식의 앙갚음은 생각만으로도 고소했다. 자신도 남편과 똑같이 성을 즐겨보겠다는 목표! 이를 악물자 부르르 몸이 떨렸다. 훈은 때맞춰 나타난 최적의 상대였다. 만날 이유가 딸이라면 핑계는 튼튼했다.

초가을의 휴일, 학교에서 조금 떨어진 교차로에서 그들은 우연히 만났다. 멀리서 민이 먼저 알아봤고 훈은 앞만 보며 걷고 있었다.

"어머! 선생님 여기서 뵙네요. 반가워요. 호호호."

그렇게 반기기가 쉽지 않았다. 민은 훈의 손을 잡고 흔들더니 거침없이 팔짱을 꼈다. 훈은 당혹스러웠지만 뿌리칠 수 없었다. 아니 좋았다. 여인의 향기도 팔뚝에 전해오는 보드라움, 뭉클함도.

민도 자신이 이렇게, 아무렇지도 않게 훈의 팔 하나를 차지할 수 있을 거라고는 생각하지 못했다. 다가섰을 때 무척 반갑긴 했지만, 무슨 용기로 그의 팔과 몸통 사이에 자기 팔을 밀어 넣을 수 있었는지….

이런 일은 머리로는 이해할 수 없다. 어느 정신 나간 여자 학부모가 남자 담임 선생님과 팔짱을 끼고 학교 인근의 거리를 활보할 수 있겠나.

훈은 민을 끌다시피 해서 가까운 카페에 들어갔다. 민과 팔짱을 낀 모습이 다른 학부모나 아이들의 눈에 띄는 건 어떤 파탄도 만들어 낼 수 있었다.

"어머니, 이렇게 카페에서 마주하는 것도 불편한 일인데 아까는 왜 그러셨어요. 얼마나 당황했는지 모릅니다."

"어머, 선생님, 전 반가우면 그렇게 해요. 악수하는 거랑 뭐가 다르죠? 하긴… 아무한테나 그렇게 하진 않아요. 마음이 끌리는 분에게만 하죠. 호호호." 훈의 대답이 나오기 전에 바로 자신의 속마음을 보여줬다.

민의 마음은 훈에게 바로 전달됐다. 훈은 민의 얼굴을 한참 동안 살펴봤다. 눈을 바라봤는데 사랑이 어려 있었다. 예뻤다. 과연 이 여자의 사랑을 거부할 수 있는 남자가 세상에 있을까, 하는 생각까지 들었다.

사랑의 시작처럼 어려운 일은 없다. 마음은 알았지만 둘 다 가정이 있었고, 관계는 담임과 학부모였다. '밀어'를 갈망했지만, 대화는 '학교와 아이'에서 벗어날 수 없었다.

그곳에 있기가 불편했던 훈은 서둘러 대화를 마무리하고 싶었다. 훈의 불안을 눈치챈 민도 오래 있을 생각은 없었다. 둘은 SNS 소통을 약속한 후 자리에서 일어났다.

이후 훈은 점령당했다. 자신과 나란히 누운 민의 모습을 떠올렸다. 알몸으로 끌어안은 모습을 상상하다 소스라쳐 머리를 흔들었다. 이렇게 고조된 흥분은 경험해 본 적이 없었다. 아내 수와의 추억 속엔 없는 것이었다. 훈은 그들이 공유한 SNS를 들락날락했

다. 민의 사진을 보려는 이유였는데 훈의 갈망을 모르는지 민은 항
상 똑같은 얼굴로 웃었다.

민도 훈의 SNS 사진을 가끔 쳐다봤다. 부부가 웃고 있었지만 남
자는 그리 밝지 않았다. 보호 본능인지 질투인지 까닭 모를 감정이
일었다.

5. '상큼'과 '엉큼'

민과 훈은 서로 매혹됐지만 자신들의 '가슴 떨림'을 제대로 나
누지 못했다.

만남도 조심스러웠지만 만나서 함께 보내는 시간도 지루하게 늘
어졌다. 대화는 겉돌기 일쑤였고, 어색함에 어쩔 줄 몰라 하다가 어
렵사리 제대로 된 궤도를 찾곤 했다.

"좋아하는 음악이나 노래 있으세요?"

"요즘은 예체능 쪽으로 전담 선생님이 있어서 음악이나 미술 쪽
에 아는 게 없어도 어려움은 없습니다."

"…"

"…"

"혹시… 미술 작품 중에서 특별한 느낌을 받은 건 없나요? 전에
프랑스도 다녀오셨다고 하셨는데, 파리엔 세계적인 미술관도 있잖
아요."

"유럽은 갈 데가 못 됩니다. 화장실도 돈을 받아요. 깨끗하지도
않고. 우리나라가 인심도 좋고 더 선진국이고 행복한 나라예요."

앞서 잘못된 대답을 했다는 걸 의식해서인지 더 빗나간 답변을
하고 있었다. 훈은 너무 긴장하고 있었다.

그들 앞을 한 여자가 삽살개 두 마리를 끌고 지나갔다.

"아! 그… 큰 그림… 생각나요. '메두사의 뗏목'. 한참 서 있었는

데… 압도당하는 느낌이었습니다. 키 큰 관람자가 많아서 뚝 떨어져서 까치발을 하고 눈을 부릅뜨고 봤습니다. 죽을 거라는 절망감과 살고 싶다는 간절함이 눈앞에 함께 있었어요. 그림은 잘 모르지만요."

"어머! 저도 그 그림 앞에서 한참 서 있었어요. 대학 3학년 때 친구 두 명과 여자 셋이 자유여행으로 유럽을 보름간 돌았거든요. 미술엔 저도 까막눈이지만 '루브르'는 꼭 봐야 한다는 친구 손에 이끌려 그 앞에 설 수 있었어요. 그때 도슨트, 그냥 가이든지 몰라도 그림을 설명하는 걸 들었어요. 영어에 불어를 콧소리로 섞어 뭐라고 떠드는데… 말은 못 알아들었고, 손가락은 알아들을 수 있었어요. 호호호." 민의 작은 손이 입을 가렸지만, 말은 계속 나왔다. "그녀의 손가락이 그림의 위쪽을 가리키는데, 거기 그림의 수평선 오른쪽에 배가 하나 있더라고요. 그녀의 손가락이 아니었으면 결코 알 수 없었을 거예요. 너무 작아서… 그 희미한 얼룩 같은 게 배라고, 뗏목에 매달린 사람들을 구원해 줄 커다란 범선이라고 알아보긴 어려웠을 거예요."

민은 입을 닫고 훈의 눈을 바라봤다. 훈의 눈에서 뭔가 찾으려는 듯했다. 훈이 눈을 내려 민의 시선을 피하자, 이야기가 다시 이어졌다.

"한참 후에 인터넷에서 그 그림에 대한 설명을 봤어요. 메두사호가 어떻게 침몰했고, 그 조난자들이 어떻게 견뎠으며, 어떻게 구조되었는지를요. 아무튼 그 그림에서 그들의 목숨을 구해줄 배는 아주 작게, 너무 희미하게 그려져 있잖아요. 희망은 그토록 멀고 이루어지기 어렵다는 의미라고 하더군요."

"그런 배가 숨어있었다는 것도 감춰진 의미도 지금 알았네요. 어렵사리 파리까지 가서 최고의 그림을 봐놓고… 부끄럽습니다."

"근데 선생님 저도 고백할 게 있어요. 전 그때, 그림보다 그 여자가 뻗은 손가락에 더 끌렸어요. 반지가 너무 반짝였거든요. 호호호."

"절 웃기시려고… 제가 워낙 재미없어서…. 하하하." 그들이 같이 웃으려면 꽤 오랜 시간이 필요했다.

그들의 만남은 사실 힘들었다. 핑계를 대고 혼자 나오려면 거대한 죄의식과 싸워야 했다. 휴일에 딸과 아들을 뿌리치고 나오는 건 지옥의 형벌 같았다. 그러나 문을 나서면 곧바로 행복이 찾아왔다. 둘이 만났을 때 그들의 뇌를 지배한 건 이성이 아니었다. 자신들 가정에서의 위치와 역할 같은 건 만나기 전까지, 헤어진 후에야 생각났다.

한적한 장소여야만 했다. 그들에게 두서너 시간도 더 걸려야 하는 먼 거리는 더 안전하다는 의미였다.

손 한 번 잡는 일이 어렵게 이뤄졌고, 이 손잡는 일을 몇 달이나 즐겼다. 오래전 다 경험했던 어설픈 것이었으나 그래도 서툴렀고 어색했다.

그들은 성인끼리의 사랑을 한 게 아니라 사춘기의 두근거림을 재탕하며 좋아했다.

더 자극적인 걸 갈망만 하다 여름이 찾아왔다. 민의 모습은 더 활짝 피었는데 혁이 할 수 없는 일을 훈이 해낸 결과였다. 단지 민을 여자로 봐주기만 하면 되는 일. 자신이 어떤 남자에게 여인으로 느껴지고 있다는 사실만으로 여자는 더 아름다워질 수 있었다.

가리지 못하는 곳이 더 많은 여자의 여름옷, 뭉치면 한주먹밖에 안 될 것 같은 민의 원피스는 훈을 거의 미치게 했다.

민은 알고 있었다, 자기 몸을 가까스로 가린 옷이 훈의 몸속에서 벌일 난동을. 극한으로 내몰릴 훈의 감각, 참을 수 없는 욱신거림, 마침내 도달할 수 있는 위험. 거기에 자신이 그 위험한 순간을 은근히 기대하고 있다는 것까지.

훈은 민과 조금 떨어져 앉았다. 눈을 마주치는 것조차 어려워했다. 가슴은 뛰고 있었지만 어찌해야 좋을지 몰라 힘들어하고 있었다.

민은 재밌었다. 훈의 통증을 다 보고 있었다. 그래서 훈의 긴장을 풀어줄 색다른 말이나 계기를 찾으려 고심하고 있었는데… 갑자기 민의 등, 브래지어 끈 부근이 간지러웠다. 민은 간지럼을 잘 탔고 참지도 못했다. 그래서 훈이 보건 말건 오른팔과 왼팔을 번갈아 등 뒤로 돌려서 엄지손가락으로 긁었다. 간지러운 부위 근처에 힘없이 닿았을 뿐인데 간지럼이 금방 사라졌다. 순간, 유치한 장난기가 발동했는데… 훈이 어떻게 반응할지 너무 궁금했다.

"훈 선생님, 미안하지만 제 등에 머리카락이 있나 봐요. 좀… 빼주실 수 있나요? 참을 수가 없어서 그래요."

훈은 난감했다. 생각도 해보지 못한 일이었다. 공원 벤치에서 여자의 옷 속에 손을 넣게 되다니…. 그토록 조심스러울 수 없으리라! 민의 원피스를 살짝 벌렸다. 하늘하늘 한 살구색 옷 안쪽에 뽀얀 등이 빛났다. 브래지어 끈은 아예 눈이 부셨다.

"머리카락 없는데요."

"어머, 선생님, 제가 등 긁는 거 못 보셨어요. 간지러워 죽겠어요. 손을 넣어보세요. 머리카락이 없으면 근처를 손톱으로 살짝 긁어서라도 간지럽지 않게 좀 해주세요."

"옷 밖에서 해볼게요. 어디쯤이죠?"

"소용없어요. 제가 이미 해 봤거든요. 참을 수가 없네요. 선생님이 들여다본 다음에 더 간지러워졌어요. 빨리해 보세요."

담담한 모습, 차분한 모습을 보이고 싶었다. 그러나 예민해진 손가락이 민의 살갗에서 미끈한 감촉을 느끼는 순간, 너무 흠칫 놀랐다. 이어진 결정적 한 방은 민의 '살내음' 이었는데 날아온 야구공에 콧등을 정통으로 맞는 것, 바로 그거였다.

사람들이 드문드문 지나다니는 공원 산책로였다. 오른쪽, 왼쪽의 네댓 그루 나무가 벤치를 얼마간 가려주긴 했다. 그래도 정면은 허벅지 높이의 꽃밭, 멀리 작은 호수까지 훤히 트여있었다. 이런 장소에서 남자가 여자의 옷 속에 손을 넣기는 쉬운 일이 아니었다.

돌아앉은 민의 옷 속으로 훈의 손이 들어갔다. 훈의 엉거주춤 선 자세부터 내키지 않음을 증명했다. 다만 펄떡이는 심장박동, 거칠어지는 호흡은 어쩔 수 없었는데, 이를 감추려는 훈의 마음을 손가락은 알지 못했다. 민의 맨살은 훈의 욕망과 고통을 다 읽고 있었다. 민의 등, 살갗 위로 벌레 서너 마리가 미끄러지듯 기었다. 겁을 먹었나 했는데, 어느새 두려움을 극복한 듯 '살내음' 이 더 진한 곳으로 가고 있었다.

훈의 흥분을 감지한 민의 몸은 간지럼으로 뒤덮였다. 삐져나오는 웃음이야 참을 수 있었지만, 저절로 실룩거리는 몸, 뜨거워지는 몸은 어찌할 수 없었다.

민 몸의 변화에 놀란 훈의 손가락은 간지럼 근처에 닿기도 전에 뛰쳐나오고 말았다. "아이! 좀 자신 있게 해보세요."

"민이 자꾸 몸을 비트니까 어떻게 해볼 수가 없잖아요."

"간지러우니까 그렇잖아요. 다시 해보세요. 이번엔 좀 자신 있게 하는 거예요." 다짐을 받아야만 했다.

훈은 민의 장난인지도 모르고 어서 머리카락을 찾아야´한다는 생각밖에 없었다. 그녀의 체온을 느껴보겠다는, 민의 맨살을 더듬어 본다는 생각은 스스로 허용할 수 없는 금기였다. 그러나 어쨌든

손끝에 브래지어가 닿았고, 감전된 듯 강력한 찌릿함이 온몸에 전해졌다. 흔들렸지만 다짐했기에, 손가락을 미세하게 좌우로 움직이면서 훈은 비로소 민을 만졌다.

그때, 특이점이 왔다고 해야 하나, 어찌 된 일인지 민은 타는 목마름을 느꼈다. 민은 벌떡 일어나 돌아섰다.

훈은 놀라서 따라 섰다. 뭔가 잘못된 게 있나, 하는 눈으로 민을 바라봤는데 이글거리는 눈이 보였다.

훈이 채 무슨 일인지 판단도 하기 전에 민은 훈을 와락 끌어안았다. 민은 훈을 옭아 매고 있었고 훈은 엉거주춤 서 있었다. 민은 잠깐 정신이 들었지만, 이내 이성을 버리고 훈의 팔을 잡아 자신을 감싸안도록 이끌었다. 자신의 내면 어디에 이렇게 용감한 구석이 있었나 스스로 놀랐다.

훈은 민의 갑작스러운 애정 공세에 어찌할 바를 몰랐다. 그러나 이내 민의 열정에 휩쓸렸고 흐릿한 의식 속에서 어쩔 수 없는 운명이 자신을 찾아왔음을 알았다.

6. '현타' 와 복귀

가정으로 돌아오면 한없는 죄책감이 찾아들었다. 그래서인지 식구에게 더 잘해주려고 했다. 이 보상 심리는 가족의 유대를, 일단 겉으로 보기에, 두텁게 했다. 그러나 그렇게 길게 연기를 지속할 순 없었다. 짜증스러웠고 권태로웠으며 가정에서의 모든 일이 하찮게 느껴졌다. 가정은 그저 수렁이요 감옥이었다.

그러나 탈출할 용기는 없었다.

훈은 부족한 아내지만 내칠 수 없었고, 겨우 초등학교 3학년인 코흘리개 아들에게 아빠가 엄마 아닌 다른 여자와 사랑에 빠졌다고 털어놓을 순 없었다. '난 아름다운 여인과 사랑했다. 더 이상 탐

할 무엇이 세상에 있겠나!' 훈의 '현타' 는 짧았다.

민은 명분이 있었다. 떠나고 싶었다. 그러나 남편 없이 혼자 사는 자기 모습을 상상할 수 없었다. 버린 게 아니라 버려진 초라한 여인의 뒷모습이 보였다. 훈은 일탈이었을 뿐 그 이상을 바랄 수 있는 존재가 아니었다. 아픔이 있지만 참아낼 이유를 찾아내서 견뎌야 했다. '복수했잖아! 멋진 남자와 사랑도 해보고… 다 해본 거야!' 민의 '현타' 는 더 짧았다.

이제 그들이 할 수 있는 건 없었다. 밀월은 끝났다. 짜릿하게 시작했고 걷잡을 수 없는 흥분도 다 해봤다. 그러나 화염이 타오를수록 흔적인 재도 차곡차곡 쌓였다. 끝은 어느새 옆에 와 있었다.

"우리… 언젠가 끝내야겠죠?" "그래야… 될 거예요." "해피엔딩이었으면 좋겠어요."

"그런 건 없어요. 이별의 끝은 슬픈 거예요," "그럼… 끝이 오기 전에 헤어지면요?"

"난, 우리의 끝을 몰라요. 민은 알아요?

"음… 아는 게 이상한 거네요. 중간에 끝낸다는 게… 말이 되지 않는 거였어요, 후 후. 우리가 헤어지면 그게 끝이잖아요."

"우린 여러 번 만났다 헤어질 수 있어요. 헤어졌다가도… 훗날 다시 만난다면 처음 헤어졌던 건 중간이겠죠, 끝은 아직 오지 않았으니까. 후후. 말장난인가요?"

"훈 선생님, 그러면 우리… 웃고 있는 지금 헤어지면 해피엔딩 맞나요?" "그런 건 없다고 했잖아요. 슬프게 끝나면 잘못된 건가요?"

끝났다고 생각했을 때 그들은 오히려 홀가분했다. 묘한 차분함이 물안개처럼 조여들었고 그토록 뜨겁던 머리와 가슴도 속절없이 식어버렸다. 가족에 묶인 치들의 사랑이란 게 별수 없음을 새삼 증명하는 듯했다.

둘은 안전한 가정 속으로 복귀했다.

7. 도로徒勞

민은 자신이 벌인 훈과의 일탈을 남편 혁의 '불결함'과 퉁 쳤다. 그렇다고 자신의 복귀로 인해 혁이 진실한 남편으로 돌아오리란 기대는 할 수 없었다. 그래서 퉁 칠 수 없는 만큼은 계속 혐오하고, 증오하고, 경멸하기로 했다.

이후, 민은 혁 앞에서 무슨 일이든 거리낌 없이 했다. 팬티도 혁의 눈앞에서 그냥 벗고 갈아입었다. 너는 나에게 아무것도 아니라는, 안 보인다, 생각하고 무시하겠다는 의미였다. 그러나 혁은 의미를 몰랐고 신경 쓰지도 않았다.

훈은 어쩌면 후련했던 것 같다. 그동안 아내, 수를 속여 왔다는 양심의 가책에서 벗어날 수 있어 좋았다. 그렇다고 민과의 뜨거웠던 일탈을 후회하지 않았다. 자신이 했던 말처럼 훗날 다시 만나서 이번 헤어짐이 중간이 되기를 꿈꾸기도 했다.

훈은 아내, 수와 장모에 대한 불만과 자신의 '애정 행각'을 퉁 칠 수 있었다. 하지만 거실 벽 중앙에 붙박인 만다라 액자는 더 근엄하게 훈을 째려보고 있었다.

희망은 본래 없었다. 애는 썼지만, 어차피 그들이 갈 곳은 제자리였다.